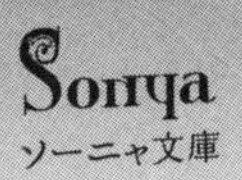

復讐者は愛に堕ちる

榎木ユウ

イースト・プレス

contents

第一章

ステンドグラスを通して降り注ぐ光はどこまでも繊細で、荘厳な儀式に相応しい。

シャン、と一振り、錫杖を振るったのは神父のヒューイだ。

まだ五十にいかない年齢のはずだが、彼が重ねてきた苦労のせいか、ヒューイ神父の茶色の髪には白いものがまじり、顔には深い皺が刻まれて一切の表情もない。実年齢よりも老けて見えるゆえに、この厳粛な儀式では圧倒的な存在感を放って彼はそこに立っていた。

シャン、ともう一度錫杖を振り下ろした後、ヒューイ神父は淡々とした声で、粛々と儀式を行う。

「聖女セーラ・セイクリッド。王命により命ずる。辺境の大聖堂へと向かい、二十歳を迎える日にそこで祝福を捧げなさい」

ヒューイ神父の厳(おごそ)かな声を頭上に聞きながら、セーラは胸の前で組んだ両手にわずかに力を込めた。

セントクルード国では、二十年に一度、辺境の大聖堂で『聖女の祝福』を捧げると、国に安寧(あんねい)がもたらされると伝えられている。

建国から三百年、二十年ごとに一度も欠かすことなく、それは続けられてきた。

この国は周囲を険しい山に囲まれているにもかかわらず、穏やかな風土に恵まれ、天災もなく、疫病(えきびょう)など流行ったこともない。そんな背景もあり諸外国から、奇跡の国とも呼ばれていた。

しかし国内では、『聖女』の役目を担う娘を五大公爵家から順番に出すと決まっているからか、いつしか五大公爵家の示威(しい)行為と平民には思われるようになっていた。

今では『聖女の祝福』が、国に平穏と豊穣をもたらすと信じている者などほとんどいない。貴族の中でも『聖女』のために寄付金を強要されることへ、不満の声を上げる者も増えてきている。

それでも儀式の中止を声高に叫ぶ者がいないのは、三百年間続けてきたという惰性と、『聖女の祝福』を捧げなければ国の平穏と豊穣が失われるかもしれないという畏(おそ)れの気持ちがあるからだ。

そんな中、当代の聖女として国に差し出されたのが、五大公爵家のフォース公爵家の三女セーラだった。

「セーラ・セイクリッド、謹んで拝命いたします」

セーラの柔らかい声が、冷え冷えとした聖堂の中に響いた。

王族と五大公爵家の者にしか生まれない希有な銀色の髪を持つ、線の細い娘だった。

セイクリッドという姓は、聖女にだけ与えられる特別なものだ。

生まれてすぐセイクリッドの姓を与えられ一族から外されたからか、『聖女』として国に差し出した娘に興味がないのか、父と母がセーラに会いに来たことはない。

そのせいか、セーラは公爵家の娘ではないのではと言い出す者もいた。自分の娘を国に差し出すのを厭ったフォース公爵が、出自の怪しい赤子を何処からか連れてきて『聖女』にしたのだと、まことしやかに囁かれている。

ほかでは決して見られることのない銀色の髪を持つセーラが、公爵の血を引いていることは疑うべくもないというのに。

「しっかりと務めなさい」

ヒューイ神父が最後にそう告げた。それ以上、彼の口から紡がれる言葉はない。元から寡黙な人ではあったが、今日はよりいっそう寡黙であった。

本来なら、この後、すぐにセーラは立ち上がり聖堂から出て行く。だが、どうしても去りがたく、一心にヒューイ神父を見つめながら、儀式の段取りにはなかった言葉を吐く。

「はい、聖女としての務めを必ず全ういたします」

——それが私の存在意義なのですよね?

セーラの澄んだ青色の瞳が、縋るようにヒューイ神父を捉えた。

一言だけでもいい。せめて一言、神父ではなく、セーラが父親のように慕ってきたヒューイ自身の言葉が欲しかった。

しかし、ヒューイ神父から返ってくる言葉はなかった。彼は儀式の筋書きにはないセーラの言葉にも顔色ひとつ変えずに、くるりときびすを返す。

出立の儀式を終えて奥の間に下がるヒューイ神父の背中を、それでもセーラは愛しい想いを募らせて見つめた。父と母の顔さえも知らないセーラにとって、ヒューイ神父だけが彼女の家族だった。

——神父様、さようなら。お元気で。

二度と会うことは叶うまい——そう思うと、胸が押しつぶされてしまいそうになる。

「聖女様、出立のお時間です」

神官に促され、立ち上がる。いよいよ辺境の大聖堂へと旅立つのだと思うと、セーラは重苦しい息を小さく吐き出した。

＊＊＊＊

——どうして、私は聖女なのだろう。

物心ついたときには、すでに『聖女』と呼ばれていた。

人々の間で『聖女』の存在意義が揺らいでいるうえに、血筋さえ疑われているセーラと親しくしようとする者はおらず、ヒューイ神父以外の人に名前で呼ばれた記憶もない。

教会で育てられた十九年間、衣類は常に清潔に整えられ、教育を受けることができ、質素ではあるが食事にも困らなかった。

平民に比べれば、恵まれた生活を送ってきたことは知っている。けれど「幸せだったか？」と問われれば、素直に頷くことは難しい。

厳しくも優しく接してくれたのはヒューイ神父だけだった。そんなヒューイ神父をセーラは密かに父のように慕っていた。

「神父様、どうしてわたしは聖女なの？」

幼い頃、不思議に思って問いかけると、ヒューイ神父は穏やかに答えてくれた。

「それがセーラの生きる意味なのだよ」

優しい言葉で丁寧に教え込まれた意味を、セーラは淡々と受け入れた。

銀色の髪を持ち、セイクリッドという特別な姓を与えられた聖女。

それが自分なのだと何度も繰り返し自身に言い聞かせているが、時折、ふとした瞬間に、どうしても抑えきれずに思ってしまう。

——どうして私は聖女なのだろう。

それは、聖女として旅に出てもなお、セーラの心を占めていた。

「それでは、私はこの町の教会で聖女様への寄付をいただいてまいります。聖女様はこちらでお休みください。出発は明朝となります」

いくつ目かの町に着いたとき、神官はほかの町と同じようにそう言った。旅費はきちんと用意されていたが、それ以外にも神官は各町を訪れると寄付を募りにいく。

セーラが頷いて案内された部屋の窓際の椅子に座るやいなや、神官は喜色を浮かべて足取り軽く部屋を出ていった。

彼は聖女の従者としてついてきたはずなのに、宿に着くとすぐ町の教会へ出かけてしまう。聖女への寄付と言いながらセーラを連れていかないのは、受け取った寄付金で遊ぶからだと知ったのは、二つ目の町でのことだ。その町で、まる一晩遊んだらしい神官は、翌朝、白粉（おしろい）と酒の匂いを漂わせていた。

護衛である兵士たちも、はじめの三日ほどは任務を全うしていたが、セーラが宿から一歩も出ないとわかると神官について行き、そのまま遊びに出かけるようになった。

それでも、翌朝にはきちんと宿に戻り次の町へと向かう準備をする。セーラを辺境伯領にある大聖堂まで送り届ける気だけはあるらしい。

「この町には色街があるらしいぞ」

「そうか、じゃあまた朝まで遊べるな」

隠そうともせずに部屋の外で護衛兵たちはそんなことを口々に言うと、笑いながらそこから離れていく。

静まりかえった宿の部屋には、ぽつりと一人、セーラだけが残された。

セーラはおもむろに窓から外を眺めた。

三階の窓から見下ろす町並みはとても美しい。

石畳で舗装された道を馬車が走り、歩道もきちんと整備されている。王都ほどの賑わいはないが、それでも十分発展している町だ。

王都を出立して一週間が経（た）つが、一応旅程は順調だ。今のところ野宿をせずにすんでいるのは、旅慣れていないセーラにとってはありがたい。

国の周囲は山脈で囲まれているため国外への道は険しいが、国内の道は整備されており、なだらかで美しい。王都から大聖堂のある辺境伯領まではかなりの距離になるが、道が整備されているおかげで、二ヵ月ほどでたどり着くことができるらしい。

遥か昔、辺境へ向かう聖女のためにだけ作られた馬車は白く輝き、聖女の供をする神官と護衛をする兵士の数は百人を超え、その長い列を人々は頭を垂れて深い感謝を込めて見送ったという。

当代の聖女であるセーラが乗る馬車は、どこかの貴族から下げ渡された質素なものだ。付き従う神官が一人、道中の護衛をする兵士は五人。そして馬車の御者だけ。

質素な馬車を見て、聖女を乗せて辺境の大聖堂へと向かっているのだと気づく者などいない。豪華な馬車や大勢の供や護衛を欲しいとは思わないが、時折、どうしても虚しくなるときがある。

酒に溺れる名ばかりの神官。平民で構成された護衛兵たちの中には、セーラが本当に聖女なのかと訝しむ者もいるほどだ。

「神父様……」

胸に手を置き、瞼の裏でヒューイ神父を思い浮かべる。

――神父様がいないだけで、私は挫けそうです……。

独りがこんなに寂しいものだとは思わなかった。

誰か一人でもいい。

セーラを気にかけてくれるだけで、この短くも長い旅路を乗り越えられるように思う。

けれど、彼女の周りに味方は誰もいなかった。

そして寂しい心に染みのように滲（にじ）んでくるのが、彼女が必死に抑え込んでいる自身への問いだった。

――どうして私は聖女なのだろう。

この疑問を持ったのは、教会で聖女の役目について初めて教わったときだった。

『聖女の祝福』の本当の意味を知り、セーラはただ恐ろしくて仕方なかった。

恐ろしくて悲しくて、何度も涙をこぼした。恐怖ですくむ胸の内を訴えても、教会の誰もが「それが『聖女』だから」と言い、セーラを冷たく突き放した。

セーラは自分の本当の誕生日さえ知らない。教会に預けられたとき、聖女の祝福を捧げた日を誕生日とされたからだ。

なぜ、両親は自分を『聖女』として差し出したのだろう。

なぜ、自分が『聖女』なのだろう。

疑問と恐怖が膨（ふく）らんでいくばかりで、何度逃げ出したいと思ったことか。

ぽろぽろと涙をこぼすセーラに、ヒューイ神父だけが何度も辛抱強く諭してくれた。

『聖女』は尊い役目であり、『祝福』を捧げることでたくさんの人々が救われる。だから、二十年ごとに『聖女の祝福』を捧げなければ、国は飢えと病に苦しむ人々でいっぱいになるだろう。

飢えも病もない国にできるのは、当代ではセーラただ一人。

聖女の存在を厭う人々が多くなってきている今、国のために役目を果たすことにためらいを感じないと言えば嘘になる。恐ろしく思う気持ちが消えたわけでもない。

けれどセーラが『祝福』を捧げれば、少なくとも二十年は父と慕うヒューイ神父が健やかに幸せに暮らすことができるのだ。

それだけで、自分が聖女であることを誇りに思うことができる。

そう自分に言い聞かせて、セーラは一週間、この旅路を耐えてきた。

馬車の窓から見た王都は賑やかで、皆が健康で幸せそうだった。

「あなたがこの国を支えるのですよ」

ヒューイ神父から何度も聞かされた言葉のひとつが、セーラの耳によみがえる。

セーラが恐怖を乗り越えて、祝福を捧げることができれば、あの平和な光景が続いていくのだ。ヒューイ神父もそれを望んでいる。

ならば、自分の役目を粛々と果たすだけだ。

――大丈夫、私はできる……。

どうにか疑問と畏れを胸の奥底に沈めることができて、ようやくセーラはほおっと息を吐いた。

先ほどまで眺めていた窓の外には、楽しそうに路地を歩く親子連れがいた。

軽やかな笑い声に引かれて視線を向けると、父親が屋台で娘のために飴を購入したらしい。少女は父親から飴を受け取ると、嬉しそうに笑いかけた。その顔のキラキラと美しい様に、自然とセーラも微笑を浮かべる。

教会からほとんど外に出たことがなく、馬車に乗ることさえ初めてのセーラにとって、旅に出てから見る世界は何もかもが新鮮だった。

――町を歩くって、どういう感じなのかしら……。

少しだけでも自由に歩けたらどれほど楽しいことだろう。けれど、もし怪我をしたり体調を崩したりして旅程に影響が出てしまったらと考えると、そんな願いを口にすることはできなかった。

そのためセーラは宿に着くと、次の出立時間まで、決して外へは出ない。

神官や護衛兵たちがそれに乗じて遊んでいても、彼女は何も言わない。

　セーラにとっては、無事に辺境の大聖堂にたどり着くことが、何より大切なことなのだから――。

　トントンと部屋の扉をノックする音がした。

　夕餉の時間にはまだ早い。部屋を訪ねてくるような知人がいるわけもない。訝しく思いながらも返事をすると扉が開く。

　現れたのは、質素な旅装をした背の高い男だった。

「失礼する」

――誰……?

　思わずビクリと身構えたのは、男が全身、真っ黒な服装だったからだ。

　死神のように纏う気配は陰鬱としているが、どこか孤高の気高さのようなものがあった。

　黒炭のように艶やかな光沢がある布地に飾りボタンがついており、服そのものは上質なものであると見て取れる。すぐに男が平民ではないことがわかった。

　ふいに男の視線がセーラに向けられ、思わず引き込まれた。

――なんて綺麗な……。

　すべてを塗りつぶす漆黒の髪とは対照的な、夜明け前の空のように美しい紫色の瞳をしていた。セーラはこんな色をした瞳を初めて見たように思う。

ヒューイ神父と同じように無表情だが、若々しく彫刻のように整った顔立ちをしている。黒い服に包まれた体躯は屈強に見えた。護衛兵たちに比べれば痩せているように思えるが、均整が取れている体つきと立ち姿は美しかった。

その凛然たる姿に見惚れ、セーラは身じろぎひとつできずにいた。

男の眉間に皺が寄り、感情のなかった視線に険が宿る。男の周囲の空気が急に下がったかのようだ。その視線が好意的ではないことはわかるのに、どうしてもセーラは男から目が離せない。

男は険しい視線に一瞬戸惑いの色を乗せ、無表情の顔をくしゃりと歪ませた。

紫色の瞳をわずかに揺らめかせ、どこか寄る辺のない少年のような表情に、セーラは思わず焦燥感に駆られ、カタリと椅子を鳴らして立ち上がってしまった。

男はその音にはっと我に返ると、入ってきたときと同じ無表情に戻り、訝しげに部屋を見回して呟きを漏らした。

「……ひとりだと？」

詰問するような低い声にセーラは一瞬怯んだが、居住まいを正すと、精一杯の虚勢を張って男に問い質した。

「どなたですか」

セーラの言葉に男は目を見開く。そして、自分が誰であるか名乗っていないことに気づいたらしい。

男は貴族のように胸に手を当てると、軽く会釈をした。

「ご無礼申し訳ない。私は辺境伯、アーレスト・ゲイザーと申します」

「ゲイザー辺境伯……」

思いもよらぬ名にセーラは息を呑んだ。

『聖女の祝福』を捧げる大聖堂は、ゲイザー辺境伯が治める領地にある。そして、辺境伯は祝福が捧げられるのを見届ける役目を担う。だが、その辺境伯がなぜここにいるのかがわからなかった。

「聖女セーラ・セイクリッド様のお迎えにあがりました」

アーレストの言葉にセーラは小さく首を傾げてしまう。

辺境伯が聖女を迎えにくるのは儀式のならいである。しかし、それは辺境伯領に入ってからのはずだ。ここは王都にずっと近いところで、辺境伯領はまだ遠い。そのことが気にはなったが、それよりも疑問に思ったことを口にした。

「……なぜ、私が聖女だとおわかりに……？」

誰だと問うておきながら、セーラもまた名乗ってすらいない。

セーラの旅装は下級貴族、もしくは商人の娘に見えるような服である。教会にいるときと違い、一見して聖女とわかるようなものでもない。だというのに、アーレストはセーラが聖女であると確信を持っているようだった。

ツカツカと靴を鳴らしながら近づいてくると、アーレストはセーラの前に立った。思っていた以上に背が高く、自然と見上げる形になった。

アーレストは右手でそっとセーラの髪を一房すくい上げると、腰を屈めて恭しくそれに口づけた。

「っ！」

繊細な硝子細工に触れるようなしぐさにセーラは戸惑い、カァッと全身が熱くなる。

セーラは頬を赤く染め、何も言えずにアーレストを見つめた。

「代々の聖女は煌めく星のように美しい銀の髪を持つと言われております」

アーレストは少しだけ口角に笑みを浮かべて見せた。

思わぬ優しげな笑みと、「美しい」という言葉に動揺してしまう。

教会の中で育った世間知らずではあるが、アーレストの言葉が世辞であることくらいわかっている。セーラは心を鎮めようとするが、早鐘を打つ心臓が邪魔をする。

高貴な宝石のような紫の瞳で見つめるアーレストに、何か言わねばとセーラが口を開きかけたとき、開けたままにされていた扉の前に、驚愕の表情をした神官が立っていることに気がついた。

手には寄付金が入っているであろう小さな袋を持っている。今日はそのまま遊びに出かけるのではなく、一度戻ってきたらしい。

「何者だっ！　ここで何をしている!!」

神官は摑みかからんばかりの勢いでアーレストに詰め寄った。神官と行動を共にしていたらしい護衛兵たちも慌てて部屋になだれ込んでくる。

しかし、アーレストの放つ威圧感のある眼光に怯み、たたらを踏んだ。

「……この虜外者(りょがいもの)が」

アーレストは地を這うように低い声で冷ややかに吐き捨てると立ち上がった。

「聖女ひとり部屋に残し、護衛の任も全うせず、よくも偉そうな口を利(き)く」

すっと目を細め、神官と護衛兵を睥睨(へいげい)する。

ただそれだけであるのに、一歩でも動けば首が落ちてしまうのではないかと思えるほどの殺気に、神官たちは動けなくなった。

「貴様ら、『災厄』を招くつもりか」

——災厄……！

アーレストの言葉に、顔色を失った神官は唇を震わせた。

怒りに満ちた殺気に気圧されているせいもあるが、何よりもアーレストが口にした『災厄』という言葉に動揺したのだ。

セーラもその言葉に震え上がった。

『聖女の祝福を捧げるとき、災厄を招いてはならない』と伝承で語られているからだ。

伝承では、『災厄』が何であるか詳しくは語られていない。ただ、この世で一番恐ろしい化け物であるかのように綴られているので、建国神話を語る子ども向けの絵本では、黒い布をまとう骸骨姿で描かれている。

二十年に一度、聖女が祝福を捧げることで国は安寧を得る。

ゆえに『災厄』とは、聖女が病気や怪我などで役目を果たせなくなることと解釈されており、セーラは飢えることも病に苦しむこともなく、儀式の日を迎えるまで死ぬことがないよう大切に育てられたのだ。

今では『聖女』の存在が疎まれ形骸化しているとはいえ、辺境の大聖堂で祝福を捧げるため旅しているセーラたちにとって、『災厄』を招くというアーレストの言葉は、縁起が悪い上に、忌避すべきもっとも恐ろしい言葉であった。

「お、お前たち、聖女様をお守りしろ！」

アーレストの気迫に呑まれていた神官は、ようやく我に返ったらしく、声を張り上げてそう叫んだが、その腰は完全に引けている。後ろの護衛兵たちも似たようなもので、突然の迫力のある来訪者に警戒心よりも戸惑いのほうが大きいようだった。

それでもおずおずとアーレストとセーラに向かって近づいてこようとしたとき、ひとりの男がアーレストを守るように、神官たちの間にすっと入る。アーレストもそれを当然であるかのように受け止めている。たぶん彼の従者なのだろう。

今までまったく気配を感じさせなかった男にセーラは視線を向けた。

アーレストと違い、こちらは濃い緑色の服を着ている。ヒョロリと細く、背はアーレストと同じくらい高い。にもかかわらず、まったく存在に気づかなかった。おそらくアーレストと共に部屋に入っていたはずなのに、セーラはこの男がいたかどうか覚えていない。

短い後ろ毛を豚の尻尾のように紐(ひも)で括っている男は、ちらりとセーラに視線を向けた。

ずいぶんと目の細い男だ。年齢は四十前くらいか。憮然として表情を変えないアーレストとは別の意味で表情が読み取りにくい顔だった。

その男はニイと笑むと神官たちへと向き直り、細い身体から発したとは思えないほど力強い声を上げた。

「控えろ、ゲイザー辺境伯の御前(おんまえ)である」

神官は男の言葉に目を見張る。

アーレストの右手の中指に紋章の入った指輪が見えた。神官は「ヒッ」と短く声を上げ、慌てて両膝をつき頭を下げた。

「ご、ご無礼をお許しください」

床に頭をこすりつけんばかりの様相で、震える声で神官は謝罪した。

護衛兵たちもすぐさま両膝をつくと頭を下げ、次々に謝罪を口にする。

頭を下げる神官と護衛兵たちを見下ろし、アーレストは重々しく口を開いた。

「聖女セーラ・セイクリッド様をお迎えにあがった」

「へ、辺境伯様が直々に……？」

神官と護衛兵たちが小さく戸惑いの声を上げる。王都近くの町まで辺境伯が迎えに来る予定などなかったからだ。

ふいにアーレストが床についていた神官の手を蹴り飛ばすと、手に握り締めていた小さな袋が弾かれた。その衝撃で袋から金貨が数枚転げ出る。

「ぎゃあっ」

痛みに声を上げながらも這いつくばって金貨をかき集める神官を、アーレストは蔑むように睨みつけた。

「その金はなんだ？」

「……」

「なんだと聞いている。答えろ」

「せ、聖女様のための、き、寄付金、です」

「聖女のために使う金だな？」

「は、はいっ！」

「ならば、なぜこのような安宿に聖女がいる？」

「そ、それは……その……」

神官は口ごもる。護衛兵たちも、だ。

理由など言えるわけがない。支度金も寄付金も、彼らが遊ぶために使っているからだ。

最初の町から比べればずいぶん質素な宿になっていることに、セーラも気づいていたが
神官たちを問い詰めることはしなかった。

豪華な宿から質素な宿に変わりはしたが、毎日きちんと食事を与えられ、清潔な寝床も
ある。それは教会の暮らしとなんら変わりのないもので、セーラにはこれが贅沢なのか、
それとも不便を強いられているのか判断できなかったからだ。

アーレストはセーラの前に跪いた。

影の薄い護衛の男もアーレストに倣い跪く。

「私の到着が遅かったばかりに、貴女をひとりにすることを許してしまいました。お詫びの言葉もございません。貴女のための金も正しく使われていなかったようです。貴女がお望みになるのでしたら、私の手でこの慮外者たちを処断いたしましょう」

神官たちはアーレストの言葉に怯え、頭を低くしながらも縋るような視線をセーラに向けている。

「これから気をつけていただければ……私はかまいません」

セーラが小さく首を横に振ると、アーレストは眉間に皺を深く刻んだ。

「なぜ、そこまで寛容であられるのか？　祝福を捧げるという過酷な役目を担う貴女へ敬意を払うべきにも拘らず、不便を強いた輩を許すと？」

「——！」

セーラが大きく目を見開いて驚きを露にする。

アーレストが聖女の役目を、セーラにとって過酷なものだと言ったからだ。

——ああ、この人は聖女が捧げる祝福が何であるかを知っている……！

人々にとって『聖女の祝福』は、二十年に一度のめでたい儀式だ。何も知らなければ過酷という言葉が出てくるはずがない。

アーレスト・ゲイザー辺境伯。

大聖堂のある地を護り、聖女が祝福を捧げるのを見届ける役目を担う者。

なるほど、それならば真実を知っていることも頷けた。

先ほどまで、寄る辺ない不安定な気持ちでいたはずだったのに、本当のことを知る人がいて、しかもそれを「つらい」と感じてくれることに、セーラの胸は熱くなる。

真実を知っている人がいてくれる。それだけで、こんなにも心が安らかになるとは思いもしなかった。

「辺境伯様、どうかお怒りをおさめてください」

「……聖女様の御心のままにいたしましょう」

セーラの懇願にアーレストは、不承不承ながらも頷いた。

それでも、神官と護衛兵たちに冷たく蔑む目を向け、釘を刺す。

「これより私も同道する。聖女に無礼は許さん。側仕えと護衛としての役割を少しでも怠れば、その命ないものと思え」

「か、かしこまりました……！」

神官と護衛兵たちは床に額をこすりつけるようにして、頭を下げ続ける。

「では金を置いて、下がれ」

アーレストがそう言い放つと、神官と護衛兵たちは這うようにしてその部屋から出て行った。部屋にはアーレストと彼の従者、そしてセーラが残される。

「あの……辺境伯様……」

「何か？」

剣呑な気配を少し和らげたアーレストに、セーラは気になっていたことを口にする。

「私は聖女としてセイクリッドの名をいただいておりますが、貴族に籍はありません。辺境伯様ほどの身分の高い方が、私などに敬語をお使いにならないでくださいませ」

アーレストは何か不思議な言葉を聞いたと言わんばかりに目を瞬かせた。少しだけ考えるそぶりを見せて言う。

「私も辺境伯とはいえ、元は騎士あがりの家系で、王都にいるような貴族とは違う。だから、辺境伯ではなく、アーレストと呼んでもらいたい」

王都の貴族と一緒にされたくないと言いたげな声色に訝るも、続けられた言葉にセーラの中に湧いた不審な思いが吹き飛んでしまう。

「確か、貴女の名はセーラだったな」

ひさしぶりに自分の名前を、他人から聞いた。

たまに名前を呼ばれることはあっても、それは『聖女セーラ』といった形で、セーラと名前を呼んでくれたのはヒューイ神父だけだ。ほかの誰も名を呼んではくれなかった。

　ヒューイ神父以外の人に初めて名前を呼ばれて、セーラは不覚にもじわりと涙が滲んでしまった。涙を見せないよう慌てて顔を俯かせると、そのつむじに向かってアーレストはさらに嬉しいことを言ってくれる。

「ならば、セーラと呼んでもいいか？」

　下げていた顔をバッと勢いよく上げてしまった。

「失礼、気さくすぎたか」

　アーレストが訂正しようとしたのを、急いでセーラは止める。

「いいえ！　セーラと!!　そうお呼びください」

　まるで食らいつくようなセーラの勢いにアーレストは目を丸くしたが、すぐにやんわりと微笑んだ。無表情の顔は少し怖かったが、笑った顔は優しげでセーラの胸は温かい気持ちでいっぱいになる。

「それでは、セーラ。果ての地にある大聖堂まで共に」

　アーレストが手を差し出してくる。セーラは恐る恐るその大きな手に触れた。

　思ったよりもひんやりとした手だった。

「はい、よろしくお願いします……アーレスト様」

アーレストが首を小さく横に振る。

くっと軽く手を引かれると、彼との距離がぐっと近くなった。

ドキリと心臓が高鳴るよりも早く、アーレストが吐息が触れるほど近い距離で、セーラの耳に囁いた。

「アーレストだ。様はいらない」

ヒューイ神父以外の男性を、こんなに近くまで寄らせたことはない。不快ではないが、心臓が勝手に鼓動を速めてしまう。

「セーラ、私の名前を呼んで」

乞(こ)われ、セーラは視線を彷徨(さまよ)わせたが、やがて覚悟を決めたかのようにぎゅっと目を瞑(つむ)った。

「……ア、アーレスト」

セーラが声を震わせながらそう言うと、アーレストはゆっくりと手を放した。

触れたときはひんやりしていると思ったのに、手に残ったぬくもりにセーラはこそばゆい気持ちになる。

恥じらいで頬を染め俯くセーラを、アーレストが感情のない暗い目で見下ろす。

紫色の瞳の奥は暗く澱(よど)んでいる。その瞳の奥にゆらりと青紫色の焔(ほのお)が立ち上る——それを怨嗟の焔だと知るのは、影のように側に従う男だけだった。

第二章

——大聖堂の中央に聖火が灯されていた。

一般的な聖堂であれば神を模した像が祀られるべき場所に、この大聖堂は炉が設置されている。その炉に聖火を灯すのだ。

いつもであれば真っ赤な焔を立ち上げている炉は、今日は青紫色の美しい焔になる。

三百年も昔から二十年に一度だけ迎える特別な日に聖火が青紫色になるのだと、アーレストは父に教わった。

夜の深い闇から目覚め始める空の色。神秘的な美しさを内包している焔は父親の背よりも大きく、アーレストは見入らずにはいられなかった。

炉が青紫色の美しい焔を立ち上げる今日——聖女が祝福を捧げに来る。

二十年に一度、この大聖堂で『聖女の祝福』を捧げると国に安寧がもたらされると伝えられている。

それを見届けるのが、大聖堂がある辺境を治めるクアントロー辺境伯家が代々担っている役目だ。建国の頃より続く、国王に任された重要な役目であると教わった。今回の祝福はアーレストの父が見届ける役目を果たす。

尊敬する父が大役を果たす日であることが、アーレストには誇らしくてならなかった。

「父様！　次にこの色の聖火を見られるのは、僕が二十八歳の時ですね！」

大役を引き継ぐのは自分であると、アーレストは無邪気に話す。

このとき、父が深い憂いのこもった双眸で青紫色の美しい焔を見つめる理由がアーレストにはわからなかった。見届けるという役目がどれほど業が深く、重いものであるか、そのときはまだ知らなかったのだ。

「さあ、お前は部屋に戻りなさい。間もなく聖女様がここに来られる」

そう促され、世話係に連れられてアーレストは大聖堂を後にする。

どんなふうに儀式が行われるのかを見たくて、同席させてくれるよう何度もお願いをしたが、父は頑として聞き入れてくれなかった。

父の跡を継ぐのだという自負もあったし、聖女が捧げる祝福とはどれほど神秘的なものなのだろうという興味も強く持っていた。祝福を捧げるために、数日前、辺境伯邸にやってきた『聖女』の姿を見て、その興味はいっそう強くなった。

煌めきを放つ銀の髪をした綺麗な聖女。

線が細く頼りなげで、どこか幼くさえある容貌に感情は見えない。八歳の少年から見ても儚げに見える聖女は、まるで妖精のようだった。辺境伯邸にいる間、言葉を発することなく静かに、ただひたすらに静かに、呼吸するのさえひっそりと過ごしていた。それが不可思議なほどに彼女の美しさを際立たせていた。

聖女と話すことを禁じられていたアーレストは、どうしても気になって遠くからこっそりと何度も盗み見ていた。

もう一度お願いしたら、儀式に同席することを父が許してはくれないだろうかと諦めの悪いことを考えながら大聖堂を出ると、前方から辺境伯夫人である母が聖女に寄り添い、こちらへ向かって歩いてくるのが見えた。

銀髪の乙女と、黒髪の美しい母。二人が並んで歩く姿はまるで対の女神のようだ。

アーレストは二人の姿に見惚れてしまう。

今から大聖堂で祝福を捧げるのだと思うと、胸が高鳴る。

母の顔には表情がなく硬い。聖女を大聖堂にお連れする大役に緊張しているのかもしれない。

「母様」

アーレストの声に母は軽く頷いて、そのまま前を通りすぎた。母に寄り添われた聖女も通りすぎていく。銀の毛先が風にふわりと揺れた。

聖女の白い肌には生気がなく、ぼんやりとした表情をしているように思えた。どこか具合でも悪いのだろうか、無事に祝福を捧げることができるのだろうかと心配になる。

知らなかったとはいえ、幼い自分はなんと愚かだったのか――。

今ならわかる。聖女のあの表情は、怒りも悲しみも喜びも何もかも、己のすべてを諦めてしまった人間の顔だ。

『聖女の祝福』。

青紫色の焔に聖女が捧げる祝福とは――。

「――ッ」

喚き出してしまいそうな衝動を飲み込んで、アーレストは飛び起きた。

――胸くそ悪い！

苛立ちのままに寝台にこぶしを振り下ろす。二十年近く昔の、幼い頃の夢を見るのはひさしぶりだ。こんなにも感情が乱されるのが腹立たしい。

窓のほうに目を向けると、まだ外は薄暗い。夜明け前なのだとわかった。

ここは古いがしっかりとした宿だ。寝台とて決して寝心地が悪いものでもなかった。

それでもこんな夢を見てしまった理由はわかっている。

当代の聖女セーラ・セイクリッドのせいだ。

銀の髪の、線の細い女。あまりにも儚げな様子は、庇護欲をかき立てつつも、嗜虐心を煽るような娘だった。

だが、『聖女』であるのに侮られ、側にいるのは寄付金を着服するようなクズばかり。

――何が祝福だ！

祝福を捧げてまで守る価値のある人間など、この国のどこにもいない――そう知っているアーレストにとって、セーラの献身はいっそ滑稽にも思えた。

セーラとの会話を思い出せば腹立たしいだけなのに、つい反芻してしまう。

昨日の昼のことだった。

「教会を出るのは初めてなのですが、外は美しい場所がとても多いのですね」

馬車の窓から景色を眺めながら、セーラは穏やかな声で語りかけてくる。

アーレストは聖女の旅に同道するようになってから、セーラの馬車に同乗している。同乗するのが辺境伯としての役目だからではない。アーレストが近くにいないと、側仕えの神官がすぐに手抜きをしようとするからだ。セーラに許されたからこそ助かった命だということが、あまりわかっていないらしい。

アーレストにとっても予定外の行動だ。計画に狂いが生じ始めているが、まだ軌道修正が利くと思えばこそ、耐えることができている。

馬車とはいえ個室に男性と二人きりであるのに、セーラには警戒心など欠片もないようだ。

「アーレスト、あれを見てください！　とても綺麗……！」

セーラはことあるごとにアーレストの名を呼び、透き通った青色の目をキラキラとさせながら、他愛ない景色に感動する。

馬車の窓から見える賑やかに人が行き交う町、整備された美しい街道、風になびく草原、色とりどりの花を咲かせる丘。畑を耕す人の姿にさえ――すべてを美しいと喜ぶ彼女は、今までの人生、どれだけの色を知らなかったのか。

「祝福を捧げる月に、王都で大きな祭りがあるのはご存じですか？」

そんなセーラがアーレストに聞いてきたことは、よりによって祝福の後に行われる祭りのことだった。アーレストはそれを苦々しく思う。

確かに聖女の祝福を捧げる月には、王都で大きな祭りが行われる。それは王都だけでなく地方でも同じで、豊穣祭のような賑やかさと華やかさがある。

アーレストも二十年前、子どもだった頃に目にしたが、辺境でさえもたいそうな盛り上がりで、国全土が歓喜していた。

「王都では、市場の品物がいっせいに安くなるうえに、国からご祝儀が出るらしいのです。私の出立の日も、まだ二ヵ月も前だというのに、祭りが楽しみだとたくさんの方々が準備を始めていました」

聖女が祝福を捧げる日を嬉々として待ちわびる人々を、この少女はいったいどんな気持ちで眺めていたのか。

儀式の詳細を平民が知らないとはいえ、残酷な仕打ちに思えた。

――もしや、この娘は聖女の祝福について何も教えられていないのか？

一抹の疑念を覚え、アーレストはセーラに問いかける。

「貴女は聖女の祝福がどんなものか知っているのか？」

「はい、知っております」

すぐにセーラは答える。その瞳に一切の迷いはない。

最初に会ったときもそうだ。過酷な役目だという言葉に彼女は驚いた様子だったが、特に何も言いはしなかった。

それは正しく『聖女の祝福』を理解しているということだろう。

聖女だから当然と言えば当然だが、彼女のはしゃぐ様子にアーレストはどうして腑に落ちない。

「だったらなぜ、そのように楽しげに……」

今も刻一刻と馬車は辺境の大聖堂に近づいているというのに、なぜそんなにも平常心でいることができるのか。

セーラはアーレストの言外に匂わすことを聡く理解して苦く笑う。

「申し訳ございません。ご心配をおかけしてしまったようですね。良いことが続いたものですから、少し浮かれていたようです」

――良いこと？　不遇な扱いを受けていて、何を言っている？

アーレストは向かいに腰掛ける少女をまじまじと見つめた。

公爵家の血筋とあって、気品のある娘ではある。しかし、その服装も肉づきも、おおよそ貴族らしからぬものだ。

銀糸のような髪は流れるようにまっすぐで、くせひとつない。化粧っ気ないにもかかわらず透き通るように白い肌は美しいが、それはセーラが教会の外へほとんど出なかったことの証明のようにも見えた。

辺境への旅でさえも淡々と馬車に乗り、途中の町では宿に泊まるだけで、セーラ自身はまったく外に出ようとはしない。

あまりに聖女が外に出ないことを神官に問うと、怪我や病気を心配して外出を控えてもらっているのだと答えた。聖女を心配しているのではなく、出歩かれると面倒だというのが本音だろう。そのような旅で何の面白みがあろうか。

「こんな旅の何が良い？」

「アーレストがいます」

「は？」

このときばかりは虚を衝かれ、アーレストは間の抜けた声を出し表情を崩した。セーラもアーレストの表情が面白かったのだろう。くすりと笑ってさらに言葉を続ける。

「アーレストは私のことを『セーラ』と名で呼んでくれます。私が旅をしながら心動かされたことを話せば、返事をしてくれます。一人で大聖堂へ向かうと思っていたから、アーレストと一緒に旅ができて、とても楽しいです」

「……」

言葉もない、とはこのことかと思った。当代の聖女はこんなに寂しい、侘しい生き方を強いられてきたのか――とアーレストは思わずぐっと眉間に皺を寄せた。

「ですが……聖女としてこのようなことではいけませんね。気をつけます」

セーラはアーレストの表情から、自分の言葉が彼を不快させたと思ったらしい。申し訳なさそうにうなだれた。

「セーラ、貴女を責めているわけではない。ただ、貴女は敬意を払われる立場であるのに、必要以上の我慢を強いられていると私は思う」

クズな神官や護衛兵を見るにつけ、決してこの旅が快適なものだとは言えないだろうに、それでも健気な聖女は精一杯、アーレストに向け笑ってみせる。

「……お優しいのですね」

――優しいわけではない。呆れているのだ。

ヒヤリと心の中に冷たい欠片が生まれる。どこまでも聖女然としたセーラにも、彼女の周りの人間たちにも、そしてこの国という存在すべてに、うんざりとした。

それでも決して目の前の少女に内心を悟られぬよう、アーレストは微笑む。

セーラはアーレストの微笑に一瞬だけ見惚れると、はっとしたように目を逸らした。

「先ほどのお話ですが、祝福はこの国のこれから二十年の平穏と豊穣を約束するものだと、神父様からきちんと教えられています。いつまでに、どこで何をするのかも……」

セーラは遠回しに含みのある言葉を使う。直截な言葉を口にするのが恐ろしいのか、それとも見届け人であるアーレストへの気遣いか。

「……貴女はそれで平気なのか」

「はい、それが私の務めです。聖女は国の幸福のためにあるのですから」

セーラは痛みを堪えるような微笑みを浮かべながら言う。

おそらく最後の言葉はセーラ自身の思いから発せられたものではなく、育ての親だという神父に諭された言葉なのだろう。

――この女は馬鹿か？　自分に望まれていることを知っていてなお、それを務めだと言い切るのか。

黒く昏い感情がアーレストの中でぶわりと大きく膨れ上がる。それらをすべて心の中に押し隠し、笑顔を浮かべて見せる。

「さすが聖女だ」

アーレストがそう言ったとき、セーラは少しだけ傷ついた顔を浮かべていた――。

そこまで思い出して、アーレストはまた腸の煮えくり返るような衝動を抑えきれず、寝台から起き上がる。

そのタイミングを見計らったかのように、続き部屋から従者のエスタトが姿を現した。

夜明け前だというのにしっかりと着替えもした男の手には、水差しが用意されていた。

「ずいぶんと早いお目覚めですね」

エスタトは細い目をさらに細くしながら、水差しの水を杯に注いでアーレストに手渡す。

「……ひさしぶりに昔の夢を見た」

激情を堪えるようにポツリとアーレストが言うと、エスタトは何でもないことのように答える。

「さようでございますか」

「もうあのときの生き残りは私とお前だけだ……」

「そうですね」

「二十年……二十年このときを待った……」

あと少し、あと少しで、アーレストが長年、願っていたことが叶う。

しかし、その最後の一手が下せない。

父の、母の、そして先代の聖女の顔が浮かんでは消える。

二十年前、アーレストは何もかもを失った。

父と母。クアントロー辺境伯家に仕えてくれた者たち。

決して豊かではなかったが、愛する辺境の地とそこに住まう人々。
何もかも根こそぎすべて――奪われたのだ。

「なんで、なんで!?」

幼いアーレストは、絶望に押しつぶされそうになりながら叫んだ。

国王が派遣した軍に、辺境伯家が一方的に蹂躙(じゅうりん)されていた。辺境伯邸から破壊音と悲鳴が聞こえてくる。

「アーレスト様、お静かに!」

乳母はアーレストを抱き締め、大聖堂の裏にある沼に身をひそめる。沼の周囲に生えている草のおかげで、大聖堂を中心に円で囲むように陣取る兵士たちには見えないだろう。

辺境伯邸に隣接している大聖堂に被害が及ばぬよう、軍は大聖堂を囲み守る形で陣を展開していた。万が一でも大聖堂を失って、二十年に一度の『聖女の祝福』を途切れさせることがないようにするためだ。

そのため沼の周囲に兵士がいないことが、乳母とアーレストに幸いしていた。

隠し通路を使って、乳母に連れられ沼にひそんでいる状況を正しく理解しながらも、アーレストは心の内で叫ばずにはいられなかった。

——なんでこんなことに!!

数ヵ月前。

『聖女の祝福』が捧げられた翌日。

父母は王都へ出立した。祝福を見届けた報告をするのが辺境伯の義務だからだ。

このとき銀髪の聖女が一緒ではないことを不思議に思って尋ねたが、祝福を終えてすぐに旅立ったのだと父は言った。

もう一度、あの美しい銀色の髪を見たかったアーレストは残念に思ったが、のちに事実を知ったときには、幼い己の無邪気さを呪わずにはいられなかった。

国中が二十年に一度の『聖女の祝福』を祝っている中、父母は予定されていた日よりも早く王都から帰ってきた。なぜか母は蒼白な顔色で不安げな表情をしており、そんな母を父は険しい表情をしながらも何かから守るように寄り添い支えていた。

父母の帰りを楽しみに待っていたアーレストは困惑したが、ほぼ同時に届いた国王の書状でその理由が判明した。

国王の書状には、母を、辺境伯である父と離縁させ、国王の側室として献上するよう書かれていたからだ。

見届け役を果たした辺境伯夫妻を招いた王城の夜会で、国王はアーレストの母を見初めたのだ。艶やかな黒髪を結い上げた母の美貌に国王は魅了され、即座に母を側室として欲しがったという。

父である辺境伯は国王の戯れ言として受け流していたが、国王は執拗なまでに辺境伯夫人である母を欲しがり、無理やり連れ去ろうとさえした。

国王の強硬さに、辺境伯夫妻は予定よりも早く帰郷した。幸いなことに、二十年に一度の大役は果たし終えたばかり。しばらく王都へは出向く用もない。辺境領にこもっていれば国王の興味も失われるだろうと思ってのことだ。

もちろん国王の書状にも、妻を愛する辺境伯は応じなかった。

国にとって重要な役目を担う辺境伯との関係を悪くするようなことを、国王の近臣が見過ごすわけはない。すぐに国王を諫めるだろうという辺境伯の期待も虚しく、誰ひとりとして国王を諫めなかった。

佞臣しか国王の側にはおらず、国王は己を律し国を治める為政者ではなく、ただ欲望に忠実なだけの愚物だった。

離縁して妻を献上しない辺境伯に業を煮やした国王は、美しい辺境伯夫人が手に入らないのであればと、辺境伯領に出兵を命じた。

辺境伯領に『災厄』あり。国に禍いが満ちる前に殲滅せよ――と。

災厄――この国に住まう者であれば、誰もが畏れる言葉。

『聖女の祝福を捧げるとき、災厄を招いてはならない』と伝承で語られているからだ。

災厄が何を指しているのかわからないが、伝承ではひとたび災厄が現れると、国が滅びると伝えられていた。

アーレストはこのときまだ八歳だったが、辺境伯の息子として様々なことを学んでおり、もちろん災厄についても知っていた。

だからこそ、わからなかった。

――誰も『災厄』なんて招いてないのに！

幼いアーレストには、国王がなぜ『災厄』などと言い出したのかわからない。なぜ軍という暴力を振るわれるのかもわからない。それでも、今、ここで泣き叫んではいけないことだけは本能で理解した。

「そうです……お静かに……決して動かないで……」

囁きにもならないような声で、乳母はそう言った。彼女はまるで岩のように、固くしっかりとアーレストを抱き締めて動かなかった。

悲鳴と何かがぶつかり合う金属音が鈍く響く。

父と母は無事なのか。隠し通路から、なぜ誰も逃げてこないのか。不安でどうにかなりそうだったアーレストを堪えさせたのは、ひとえに乳母の強い力だった。

やがて兵士の叫ぶ声が聞こえてきた。

「辺境伯と辺境伯夫人、並びに子息の死亡を確認！　近臣、使用人を含め総勢六十五名、辺境伯邸全員の死亡を確認しました！」

――父様、母様……！

乳母がアーレストをさらに強く抱き締めた。

アーレストの父母、乳兄弟だった乳母の息子、辺境伯邸に仕える者たち。

誰ひとり逃げ出さなかったのは、隠し通路の存在を兵士に悟らせず、アーレストを無事に逃がすためだったのだ。

アーレストはここにいる。生きている。

では誰がアーレストの代わりに死んだのか。

同い年だった乳母の息子が脳裏をかすめる。アーレストと顔はまったく似ていなかったが、髪の色は黒に近い焦げ茶色だったし、体格的にも似ていた。

「……」

乳母が耳元で自分の息子の名前を、唇の動きだけで呟いた。

その日、アーレストは絶望というものを骨の髄まで味わった。

その後に起きたことを、アーレストは鮮明に記憶している。

国王の軍は辺境伯夫妻、嫡男の死亡確認後、災厄を取り除いたとして意気揚々と凱旋した。後に残されたのは、心優しい領主を失い茫然自失の領民のみ。

八歳のアーレストに、その現実は重くのしかかる。

優しかった父、美しかった母、近臣たちは、国王に殺された。

『災厄』という汚名を着せられて――。


何もかも失ったあの日を思い出すだけで、アーレストは怒りで頭がどうにかなりそうになる。二十年経った今でもその怒りが鎮まることはない。むしろ、その青紫色の焔は鬱屈した思いを糧に勢いを増しているかのようだった。

「ご機嫌が悪いのは、あの聖女様のせいですか？」

アーレストはダンッと水を飲み干した杯を盆に叩きのせたが、エスタトは片手でびくともせずにそれを受け止めた。

「虫唾が走る」

アーレストがそう吐き捨てると、エスタトはやれやれと言いたげに肩をすくめた。

まるで影のようにアーレストの側にいるこの男は、二十年前、乳母と沼から抜け出した後に合流した。たまたま辺境伯領から外へ遣いに出ていたため、軍に殺されずにすんだ家令で、数少ない生き残りのひとりだ。

エスタトはすでに五十近い年齢になっているはずだが、細目で目立たない顔立ちのせいか、あまり年老いては見えない。そのうち、自分のほうが年老いて彼を追い越してしまうのではないかと思うほどに、二十年前とほとんど見た目が変わっていない。

「聖女は国の幸福のためにある——と教えられているようだ」

セーラが言っていたことをエスタトに教えると、エスタトは大袈裟に「それはそれは」と驚いてみせた。そのくせ鼻で笑っているのだから、いい性格をしている。

「辺境伯も国の幸福のためにある、と誰かあの男に教えてやればよかったんだ」

アーレストが揶揄するようにそう言い放つと、エスタトが首を横に振った。

「ゲイザーの頭では、たとえ教わっても理解できなかったでしょう」

セーラに名乗ったゲイザーという姓は、アーレストの本当の姓ではない。

国王はクアントロー辺境伯家を滅ぼした後、近衛騎士のひとりにゲイザーという姓と辺境伯の地位、辺境の領地を与えた。

そして国の歴史にあるクアントローの名を、すべてゲイザーの名で上書きしたのだ。

ゲイザーという姓を得た男は子爵家の五男で、領地経営などまったく知らなかった。

近衛騎士という名誉ある役目を解任され、華やかな王都を離れて辺境の地に飛ばされたことを不満に思っていたのだろう。

わざわざ王都から娼婦を呼び寄せては放蕩に耽り、妻を娶ることも後継ぎをもうけることなく――ただただクアントロー辺境伯家が蓄えてきた財を食い潰した。

一人、また一人と領民が死んでいく。他領へと逃げていく。

アーレストはそれを、ただ見ていることしかできなかった。

「――ゲイザーなど、もっと早く縊り殺してやりたかった」

獣のような唸り声で吐き捨てる。

「このタイミングがベストだったのです」

アーレストの嘆きをなだめるように、エスタトは彼が苦渋をなめながらも耐えてきたことを肯定する。

「ゲイザー辺境伯はほかの貴族とほとんど関わりを持たない方でしたので、遠い縁戚からアーレスト様を養子にしたと工作することができました」

エスタトに改めて言われずともわかっている。

ゲイザー辺境伯を殺害し、養子として跡を継いで辺境領を掌握することは、数年前には可能だったのだ。虐げられる領民たちのためにも早くそうしたい気持ちもあった。

だがゲイザー辺境伯を殺して養子として跡を継げば、代替わりの挨拶のために王都に出向くことになる。

「王都にはクアントロー辺境伯様のことを覚えておられる貴族の方々もいらっしゃることでしょう。ご夫妻の面影のあるアーレスト様の出自に気づく者がいないとも限りません。二十年は長い年月ではありますが、歴史から名を消すことはできても、人の記憶から完全に消し去ることはできません」

幼かったアーレストの顔を知る者など王都にはいないが、エスタトに言わせれば自分は父母によく似ているらしい。クアントロー辺境伯夫妻を知っている者なら、アーレストをひと目見ただけで血縁者だとわかるほどに。

父母に似ているということはアーレストの心の慰めとなったが、そのためにゲイザー辺境伯殺害計画を早めることができなかった。

復讐を遂げる千載一遇の機会を確実に手に入れるために耐え難きを耐えて、二十年の歳月の果てにアーレストは今ここにいる。

二十年。

二十年、だ。

アーレストは大聖堂のある果ての地で、身を窶して泥水を啜るようにして生きてきた。

国王に背き『災厄を招いた』としてクアントロー辺境伯家の名は地に落とされ、すり切れるほどに踏みにじられた。

それでもただひたすらに耐えてきたのは、復讐を果たすため。その執念だけがアーレストを支えてきたのだ。

「アーレスト様、聖女様をどうなさるおつもりですか？」

淡々とした口調で、エスタトがアーレストに問いかける。主人の心に迷いがあるか見定めようとして発された問いに、アーレストも即座に返す。

「殺す」

たった一言、迷いなく断言した。

アーレストの本願は――この国に災厄をもたらすこと。

そのためには『聖女の祝福』を阻止する必要があった。

王家と五大公爵家、辺境伯家のごく限られた家の者にしか知らされていないことだが、『聖女の祝福』は捧げる場所、日時が細かく決められている。聖女の年齢、容姿もだ。

それを守らなければ、祝福の効果は得られず、災厄を招くことになる。二百年前に六大公爵のうちのひとつが潰れたのも、祝福を捧げる日時に遅れそうになったからだ。

三百年間、繰り返された『聖女の祝福』は形式的な儀式ではなく、真実セントクルード国を繁栄させるものだとアーレストは理解していたし、この国もそう正しく認識していると思っていたのだ。

当代の聖女、セーラ・セイクリッドに会うまでは――。

アーレストたちは聖女に会う前に、一度王都へ入り、聖女について調べていた。

だが、調べれば調べるほどにその内容に辟易とした。

『聖女の祝福』を信じている者が王都にはほとんどいなかったのだ。

しかも、聖女の名のもとに貴族から多額の寄付金を集め、聖女のためと教会に運ばれる食材や衣類などは高価で希少な物ばかりだったので、聖女の評判は驚くほど悪かった。

辺境までの旅の護衛の数、旅程など細かく調べ、どのタイミングで聖女に接触するか計画を練っていたのだが、いざ旅が始まるとアーレストはあまりのことに呆れ果てた。

寄付金を募るために、神官から貴族に提出された旅の計画書の内容はすべて偽り。

馬車は質素なもので、護衛兵の数も少なすぎる。聖女を泊まらせる宿も、平民が使うような安宿だ。聖女に与えられた旅装も慎ましいと言えば聞こえはいいが、予定されていたような質の良い豪華なものでもない。

何もかもが、聖女のために集めていた寄付金とは見合わなかった。それらは神官が着服しているとすぐにわかった。あげく、町に着くごとに教会に赴いて寄付金をもらってはそれさえも着服し、遊び呆けている。

このざまでは聖女を育てるためにという名目で王都の教会に集められた寄付金も、聖女のために使われてはいまい。

そんな環境で敬意を払われることなく虐げられていたのであれば、アーレストほどではなくとも歪んだ性格になっているだろうと思ったのに――セーラは悲しいくらいに『聖女』だった。周囲に侮られていることに気づいていないわけでもなかろうに、祝福を捧げることは自分の務めだとセーラは言う。

――なぜ、あの女は何も憎まない？

アーレストはすべてを憎んだ。すべてを壊す道を選んだ。

なのに、セーラは違う。時折、不安げに青色の瞳が揺れるが、それでも心が折れる様子もなく、どこまでも穢れなく『聖女』として役目を果たそうとしている。

アーレストは小さく息を吐く。

「だが、まだ早い。大聖堂までの道のりは遠い。早く殺して王家に気づかれるわけにはいかない」

セーラを今殺したとして、そう簡単に代わりとなる聖女を用意できるとは思えないが、万が一、代理の聖女で祝福を捧げられてはたまったものではない。

復讐を遂げる機会をまた二十年も待たなくてはならなくなる。

計画は慎重に行うべきだ。

だから——そう、今はまだ聖女を殺さない。それだけなのだ、とアーレストは自分の心に言い聞かせる。

「かしこまりました」

エスタトは深く頷くと、それ以上は問いかけてこなかった。主人の苦悩に触れぬことにしたらしい。相変わらず空気を読むことに長けた従者だ。

窓を見ると、カーテンの隙間から夜明けの空がかすかに見えた。今日もまた、馬車に二人、セーラと乗ることになる。アーレストはひっそりとため息を逃がすと、これからのことに思いを馳せる。

——セーラは殺さなければならない。

それがこの国に災厄を招く最短の道でもある。

なのに脳裏を過るのは、セーラの、些細なことでさえ喜ぶ笑顔だった。

エスタトがもう一度、杯に水を注ぎ、盆にのせてアーレストに差し出す。水が注がれた杯を見て、アーレストは自分の喉が渇いていることに気づいた。

杯を受け取り、生ぬるい水を嚥下する。それと一緒に生じた迷いも喉の奥に流し込んだ。

第三章

「……貴女はそれで平気なのか」

苦しげにアーレストが口にした言葉を、セーラは何度も思い出しては考えていた。

平気だと答えることはできないが、それが聖女の務めなのだ。そう教えられてきた。それに祝福を捧げてしまえば二度目はない。ただ粛々と儀式を行えば、そこでセーラの役目はおしまいだ。

しかし、アーレストはまだ若い。彼の年齢はたぶん二十代後半くらいだろうか。

病気や怪我をせず無事に二十年後を迎えれば、もう一度、見届け役を果たさなくてはならないだろう。

もしそのとき跡継ぎがいれば、代替わりすることができるのだろうか。

いや、跡継ぎに任せることができても、自分の子どもが辛い役目を担っていると思えば、心安らかではいられまい。

辺境伯家は、確か祝福を捧げる大聖堂の管理も任されているはずだ。そんなものが身近にあっては、ひとときでも役目を忘れることはできないのではないだろうか。

「それでは、セーラ。果ての地にある大聖堂まで共に」

そう言って彼は手を差し出してくれた。セーラの胸に満ちた歓喜がどれほど大きなものであったか、誰も想像すらできないだろう。

名前で呼んでもらえること、会話をしてくれること——それだけでセーラは飛び上がるほどに嬉しいのに、アーレストはセーラを、いや『聖女』を侮る者に憤(いきどお)ってくれるのだ。

アーレストは初対面で感じた印象よりも寡黙で、セーラが話しかければ言葉に耳を傾けてくれるが、彼から積極的に話題を提供してくることはない。

馬車の中でも、どちらかといえば沈黙している時間が多いが、なぜか気詰まりに感じることはなかった。

今も宿の食堂で共に食事をしているが、さして会話はない。

ふと、ヒューイ神父と二人で夕食をとるときも、静かな時間だったことを思い出す。

食事時は一日の中でも特に静かで、教会にある食堂の長机にヒューイ神父と対面に座って食事をとっていた。

「スープはこのように、手前から奥へ、スプーンですくうように食べなさい」

「はい、神父様」

幼いセーラにとって、ヒューイ神父だけが自分と会話をしてくれる人だった。

ほかの者は着替えを用意してくれたり、セーラの部屋を綺麗にしてくれたりと世話をしてくれたが、セーラに話しかけてはくれなかった。

セーラから話しかけても応えてはもらえず、もしかすると自分は彼女たちに見えない存在なのではないかと半ば本気で思っていた。

ヒューイ神父だけが自分に声をかけてくれて、いろいろな勉強やマナーを教えてくれた。

セーラが人間らしい生活を送れるのは、すべてヒューイ神父のおかげだと言える。

——できた！

綺麗にスープを飲み終えたセーラは、キラキラとした目でヒューイ神父を見た。褒めてもらいたかったからだ。セーラは黙々と食事をしているヒューイ神父に呼びかける。

「神父様」

手を止めて視線を向けてくれたヒューイ神父に、セーラは嬉々として報告する。

「あ、あの……！　神父様、私、上手に——」

「口を閉じなさい。食べているときに話してはいけない」

静かだがピシャリとはねのけるような声に、セーラは悲しくなる。

――ああ、怒られてしまった。

セーラは涙が出そうになるのを堪えて、口を閉じて残りの夕食を食べ終える。もし食事を残してしまったら、ヒューイ神父に静かな声で叱責されるからだ。

咀嚼音はもちろん、音の存在が許されない張り詰めた静寂の中で食する――食事に対するセーラのイメージとはそういうものだった。

アーレストとの食事も静寂に包まれているが、張り詰めた空気はない。食べ物もよく味わうことができている。

だが、人が大勢いる場所で食事をすることに馴染みがないせいで、人々の声が行き交う食堂の喧騒にはまだ慣れない。

「聖女の祝福？　そんなものなくたって困りゃしねぇよ！」

食堂に響き渡るような野太い声に、セーラは思わず匙を止めてしまう。

「いつだって豊作で困ったことなんかねぇ。税を納めたって手元に残る穀物には余裕がある。隣国が飢饉になったとかで売ってくれって泣きつかれたからさ、余っていた穀物を高値で売ってやったんだよ。その金で、こちとら王都に豪遊旅行だ！」

楽しそうに酒を飲む男は豪農らしかった。

「そんなこと言って、もしこの国も飢饉になったらどうするつもりだい？」

誰かがそんなことを言うが、危機感を抱いている様子はない軽い口調だ。

「飢饉？　種を蒔くだけで美味い穀物が育つこの国で？　台風だの地震だの飢饉だのって、よその奴らはよく言ってるが、この国で俺はそんなの経験したことねぇよ。本当にそんな災害ってのはあるのかい？」

「商売でよそに行ったとき、一度台風ってやつに遭ったことがある。凄まじい風で何もかも吹き飛ばしちまうんだ、あれは怖いぞ。家も壊れて畑も水浸しでダメになってた」

「お前、ほらを吹いてんじゃないだろうな？　この国じゃ『災厄』でも来ないかぎり、そんなことありえねぇな」

「『災厄』なんて、子どもの読む絵本にしか出てこねぇよ」

「確かに！」

ゲラゲラと笑う男たちの声に、セーラは匙の中のスープを見つめる。

――災厄……か。

人々にとって『災厄』とは、建国神話を語る絵本の中にしか存在していないのだ。

建国から三百年、自然災害も戦争も起きず平穏に暮らせている。そんな彼らからしてみれば、『聖女の祝福』は二十年に一度ある大きなお祭り程度の認識なのだろう。祝福を捧げることで国の平穏と豊穣が守られている実感もなく、まして信じているわけでもなく、大きな祭りをするための名目くらいでしかない。

人々にとって聖女などその程度なのだと、セーラはもう理解している。

それでもセーラは聖女として、辺境の大聖堂に祝福を捧げに行く。

与えられた務めを果たす。

そのためだけに育てられた。

――神父様も、祝福を捧げることに疑いを感じてはならない。ためらってはならないと、おっしゃっていたのだから……。

暗唱できるほど、何度も繰り返し言い聞かせられた。

そして、二十年ごとに『聖女の祝福』を捧げなければ、この国に住まう人々がどれほど恐ろしい目に遭うのか、異国の絵巻を見せられ説明された。

そこには飢えと病に苦しむ人たちの姿が生々しく描(えが)かれており、幼いセーラは初めてそれを見せられた晩は、恐ろしくて寝台の中でシーツにくるまって泣いてしまった。

セントクルードという国を、そこに住む人々を、苦しませてはならない。

この国を祝福で満ちた国にすることができるのは、当代ではセーラただ一人。

たとえ誰ひとり『聖女の祝福』を信じていないとしても、セーラは辺境へ向かうのだ。

恐れ震える心を麻痺（まひ）させて――。

「セーラ」

アーレストの呼びかけに、セーラははっとする。

食事の手を止めて、考え込んでしまっていたようだ。ここにもしヒューイ神父がいたら、マナーに反したと叱責を受けていたことだろう。

いくら隣の席の男たちが大声で話していたとはいえ、他人の会話を盗み聞きしていたようなものだ。セーラは己を恥じる。

「……申し訳ございません。少しぼおっとしていたようです……」

「隣の話が気になるか？」

何かをセーラの中に探しだそうとするような声でアーレストが問いかけてくる。

「聖女の祝福なんぞなくとも、豊かに暮らしていけると、この国の民のほとんどが思っている。誰も苦労をしたことなどないくせに、災難に遭った他国のことを笑い話にできるのは、その苦しみを知らないからだ。あまりにも平和が長すぎて、人の苦しみを想像することもできない。この国にはもうそんな愚者しかいない」

静かな声は辛辣（しんらつ）に言い放つ。決して大きな声ではないのに、喧騒に消されてしまうことなくセーラの耳に届いてしまう。

「だが、聖女があんな奴らのために祝福を捧げる意義を見出せるのなら、なんと慈愛にあふれているのかと、どんな愚者でも敬愛せずにはいられないだろう」

アーレストは冴え冴えとした紫色の瞳でセーラを見つめる。

――ああ、意地悪な人だ……。

時折、アーレストはこうやって露悪的な言い方で国や人々を表する。

この国には祝福を捧げる価値のある者など存在しないのだと、アーレストはセーラに言い聞かせているように思える。

なぜ彼がそのようなことを言うのか不思議でならない。

辺境伯が担う見届け役とは、『聖女の逃亡を阻止する』ことを意味している。

もし、無事に『聖女の祝福』を捧げさせることができなければ、辺境伯家は重罪に問われ、一族郎党処分を受けることになるだろう。

なのに、アーレストは祝福を捧げさせることを忌避しているように感じる。

『聖女の祝福』の力など信じていないのか、それともセーラを憐れんでいるのか。

周囲の人々に侮られ蔑まれ、存在しない者のように扱われてきたセーラは、悪意を受け流すことに慣れている。

しかし、アーレストの言葉に悪意はなく、だからこそセーラの心のやわらかい箇所に抉(えぐ)るように突き刺さる。

その痛みに狼狽(うろた)えていることを悟られないように、セーラは懸命に平静さを装う。

「セーラ」

先ほどまでの辛辣さなどまるでない、やわらかな呼び声にセーラは顔を上げた。いつのまにか俯いていたらしい。

「少し、食後に外を歩こうか」

「あ、はい……」

なぜ誘ってくれたのかわからないが、食事をすませるとセーラはアーレストに連れられて外に出た。

アーレストと一緒だからだろう、神官も護衛兵もセーラの外出を制止しない。

まるで自分の領土のように迷いなく先を歩くアーレストの後ろを、セーラは親の後追いをする幼子のように懸命についていく。

小高い丘を登ると、そこは町並みと一面に広がる畑を見渡せる場所だった。

若々しい青葉で畑を染める様は、見るだけでも美しい。

きっと実りの時期には一面黄金色に染まるに違いない。それを自分は見ることができないが、どれほど美しいのだろうと夢想する。

「この領地の多くは、ここから見えるような平野が広がっている。こういった土地は竜巻が起こることが多い」

「そうなのですか？」

　セーラはアーレストの言葉に驚いて問いかけた。

「この領地のように雨も多く、季候がよく似た土地が隣国にもある。そこでは毎年のように竜巻が起こり、多くの民の命が失われるそうだ。だが、セントクルード国はそのような天災に見舞われた記録はない。他国からはなぜなのかと不思議がられて、過去何度も人が派遣され調査されているが、どの国の調査団も『この国に災害が起きないのは奇跡としか言いようがない』という結論に至る」

「奇跡、ですか……？」

「地形的に恵まれているわけでもないのに、三百年間、災害に見舞われたことは一度もない。それをどう分析しても説明がつかず、調査団は奇跡という言葉を使うしかなかったのだろうな」

　整備などせずとも氾濫しない川。竜巻が起きる可能性が高い地形にもかかわらず、穏やかな風が吹く平野。やわらかな土の大きな山も雨を含んで山崩れを起こすこともない。栄養値の高い土壌ではないのに、肥料も使わず豊かな実りを得ることができる土地。

他国の侵略を拒む険しい山脈が、狙いすましたように国境沿いに連なっている。

「そう、なんですか……」

それほどまでセントクルード国が恵まれていたとは思いもしなかった。

他国のことは、飢えや病が蔓延する恐ろしい場所だとしか教会では教えてもらえなかったセーラにとって、アーレストの話す事柄はとても新鮮で、知識欲を刺激する。

アーレストの語り口が耳に心地よくセーラは夢中になって聞いていたが、ふいに言葉が止まったことを不思議に思い、隣を見上げた。

どこか切ない熱を孕んだ紫色の瞳にセーラは捕らえられ、鼓動がトクリと強く打つ。

紫色の瞳が再び平野を見渡す。その視線を追うようにセーラも平野を見た。

穏やかな風に撫でられ、青葉がさざめくように揺れている。

「三百年という長い年月で……」

ゆるやかな沈黙を縫うように声が落ちてくる。もう一度、隣を見上げれば、アーレストもセーラを見ていて、目が合うと微かな笑みを口元に浮かべた。

「……貴女たち聖女が捧げてきてくれた『祝福』が豊かで美しい国にしていると、私は思っている。『奇跡』と言われるすべては、貴女たちが与えてくれたものだ」

深みのある声に、セーラは息を呑む。

豊かで美しい国は『奇跡』なのだと彼は言う。

しかも、聖女が与える奇跡なのだと。

胸が熱くなる。

――どうして、私は聖女なのか。

『聖女』として生かされ、務めを果たすことだけを求められてきた。

繰り返される疑問の答えは相変わらず見つからないし、祝福を捧げる恐ろしさが消えることもない。

周囲の人たちが、まるでセーラをいないもののように扱う雰囲気や空気が苦手だった。

こんな自分が本当に聖女なのか。本当に国に平穏と豊穣をもたらすことができるのかという不安と疑念が常につきまとっていた。

だが、アーレストが言ってくれたように、祝福を捧げることで奇跡が起こるのならば、それはどんなに嬉しいことだろう。

喜びに打ち震える今でさえ、祝福を捧げることはまだ恐ろしい。この恐れは、きっと大聖堂にたどり着いても、消えることはない。

けれど本当に恐れていたのは、セーラが、そして代々の聖女たちが捧げた祝福が、人々が言うように無意味なものであるとされてしまうことだった。

——平気であるわけがない。

セーラの瞳から、つう……とひとしずく涙がこぼれ落ちるのを見たアーレストが、狼狽えたように肩を震わせた。

「……この美しい国が本当に聖女の祝福のおかげだと聞いて、嬉しくなりました……」

祝福を捧げるという行為を、ようやく本当の意味で納得できた気がした。

「ありがとうございます、アーレスト」

涙を拭い、感謝の思いを込めてセーラは見上げる。

「私、この国のために精一杯、頑張りたいと思います」

「そうか」

アーレストはつい、とセーラから目を逸らすと、遠景に視線を向ける。セーラはその横顔をとても美しいものだと思った。

「アーレストに会えて良かった……」

ぽつりと思わずこぼれた一言に、遠くを見ていたアーレストがはっと驚いたかのように、セーラを見た。

紫色の瞳が自分を映す。

セーラはそれを、なんて綺麗な色なのだろう、と思った。

「私、アーレストが少しでも幸せになれるように、いっぱい心をこめて祝福を捧げたいと思います」

セーラがそう言うと、アーレストは痛ましいものを見るような表情を一瞬浮かべ、再び視線を逸らした。

なぜか悔いているように見える横顔は、どんなことを考えているのかセーラにはわからなかったが、この美しい景色も、苦渋に満ちた美しい人の横顔も、ずっと忘れずに覚えていようと思った。

第四章

「ホーネン男爵家、ですか？」

　馬休めの休憩中に神官から提案されたのは、地方貴族への訪問滞在だった。

　なんでも先代の男爵が二十年前の聖女一行を招いて歓待したらしく、当代のホーネン男爵も「聖女ご来駕（らいが）の栄を賜（たまわ）りたい」と、何度も何度も辺境へ移動中のセーラに使者を送ってきていたらしい。

「王都を旅立ってちょうど一ヵ月経ち、護衛兵たちにも疲れが見えます。幸い、旅程にはまだ余裕がありますから、ホーネン男爵を訪ねてもよいと思われます」

　アーレストが横にいるので、神官は丁寧にセーラに提案した。

　確かに旅程に余裕はあったし、護衛兵や神官も疲れてきている。セーラは横目でチラリとアーレストを覗う。

「必要ない、無駄だ」

彼は無表情で神官を見ていたが、小さくため息をつくと切り捨てるように言った。

いつもならそれで神官はすぐに引き下がるのだが、今日は違った。神官はビクビクしながらなおもセーラに話しかけてくる。

「ですが、二十年前にも訪れていたのですから、当代でも聖女の威厳を保つためには訪れたほうがよいかと……それに、最近、寄付も募れませんので旅費も心許なく……」

「それは貴様らが着服したからだろうが！」

ドンッとアーレストが足を踏み鳴らす。

「ひえっ！」

神官は頭を抱えてしゃがみ込んだ。ガタガタと震える神官を見ながらセーラは考える。

――アーレストが来てくれてから、遊べなくなって不満も出ているようだし……。

セーラに面と向かって不平不満をぶつけるような輩はいないが、護衛兵たちにも不満が募っているのはわかった。

「アーレスト、その……私も少し疲れています。それに先代の聖女のことも聞いてみたいので、できれば招待をお受けしたいです……」

セーラがおずおずとしながらもそうアーレストに頼むと、アーレストは眉間に皺を寄せて剣呑な眼差しを神官に向けた。しばらくして、言い聞かせるように告げる。

「寄付金は募るな。一日で出立する」

神官は少しだけ残念な顔をしたがすぐに「わかりました！　使者にそう伝えます！」と言って、いそいそと馬車の側から戻っていった。

「ありがとうございます」

神官の代わりにセーラが礼を述べると、アーレストは呆れたような目でこちらを見た。

「いっそのこと、護衛を全部雇い直しても私はかまわないのだが」

クビにしてしまえと暗に言われて、セーラは苦笑する。最初は問題があったかもしれないが、ここまでついてきてくれた護衛兵たちを解雇するのはあまりにも可哀想に思え、曖昧に言葉を濁した。

「それでも、私についてきてくださる方々ですので……」

そんなセーラを見てアーレストは何か言いかけたが口を閉じ、代わりにスッとその手を伸ばしてきた。

――え？

アーレストがセーラの髪を一房手にすくう。さらさらと数本がアーレストの手からこぼれ落ちるのをその目が追う。

「まあ、確かに疲れているようだな。艶がない」

髪を見つめながら言われた一言に、セーラの頬がカアッと赤くなった。

「す、すみません、手入れはきちんとしていたつもりなのですが……」

「いや、おそらく本当に疲れも溜まっているのだろう。男爵邸で精のつくものでも食べさせてもらえ」

「い、いえ！　男爵邸に行きたいと言ったのは、そんな……ご飯が食べたかったわけではなく……！」

セーラとしては一晩、ゆっくり眠れる場所があれば、護衛兵たちも安らぐのではないかと思っただけなのだ。それがどうしてこうなったのかと涙ぐんでいると、

「くっ……」

小さく、アーレストから声がした。

アーレストを見るとセーラの髪を手にしたまま、小刻みに肩を揺らして笑っていた。

「アーレスト……？」

「くっ……ははは。悪かった。貴女が護衛兵や神官をあまりにも庇うから、からかっただけだ」

「アーレスト！」

「すまない。だが、あまり神官や護衛を甘やかしてはいけない。貴女に聖女としての責務があるように、彼らもまた自分の責務を全うしなければならないのだから」

アーレストは笑いながらだったが、セーラの甘さを窘(たしな)めた。

確かにアーレストがいなかったとき言われるがままに従っていたせいで、神官や護衛兵たちをつけあがらせたのは否めない。

「はい……」

セーラがしゅんとなりながらもアーレストの言葉を噛み締め自省していると、アーレストがくいっと髪を引っ張った。

――何？

不思議そうにアーレストを見つめれば、彼はゆっくりとした動作でその髪を自身へと引き寄せる。

「先ほどの髪の艶云々は嘘だ。貴女の髪はとても美しいよ、セーラ」

ちゅ……と、軽く髪束に口づけたアーレストに、今度は全身が赤くなる思いでセーラは立ち上がる。アーレストの手からするりとセーラの髪が逃げた。

「も、もうそろそろ、休憩も終わるでしょうから、馬車に戻ります！」

一人で先に馬車に乗り込んだセーラをアーレストは見つめる。その目が一瞬、何とも言えない憂いを帯びた色に変わったのを見たのは、彼の従者エスタトだけだった。


「やあ、よくお越しくださいました」

真っ白で大きな豪邸を背に、ホーネン男爵は両手を大きく広げてセーラたち一行を迎え入れた。

男爵と下位ではあるが一昨年亡くなった父の跡を継ぎ、豊かな商才で財を増やしているという。セントクルード国では名の通った貴族だ。

恰幅の良い白髪交じりのホーネン男爵は、セーラに穏やかな笑顔を向ける。

「長旅でお疲れでしょう。今晩はゆっくりとお寛ぎください」

「ありがとうございます」

セーラはスカートを小さくつまんで淑女の礼をする。

貴族を訪問するとあって、今日のセーラの旅装はいつもより整えられ聖女然としている。

旅の途中でどうしても貴族を訪問せざるを得なくなったとき用に用意されたドレスは淡い紫色と白のコントラストが美しく、頭には透けるベールが用意されていた。

ただでさえ美しい銀糸の髪が、ベールをかけると新雪のようなキラキラとした色に変わり、セーラの聖女としての神秘性を表現している。

また、軽く目線を斜め下に伏せた後、ゆっくりと顔を上げたセーラの礼は神秘的な雰囲気と相まって、とても清廉で美しい。

貴族に対する礼など初めてだったセーラは、不安の色をわずかに帯びた青い瞳でベール越しにホーネン男爵を確認する。

男爵は恍惚とした表情でセーラの姿を頭のてっぺんからつま先まで、舐め回すように見ていた。その視線に少し慄く。

「これが当代の聖女ですか……いやはや、お美しい」

ホーネン男爵は感心したようにそう言うと、アーレストへ視線を向ける。

「ゲイザー辺境伯もご一緒だとお聞きして、とても驚いております」

アーレストは目を眇めてホーネン男爵を見下ろす。アーレストの機嫌がよくないことを察すると、ホーネン男爵は即座に話題を転じて広間へと案内した。

「こちらに、聖女様のため宴を用意しております」

「宴、ですか……?」

「ええ、なにせ二十年に一度のことです。聖女様のために最上級のものをご用意いたしました！」

　ホーネン男爵は興奮した様子で一気にそう言うと、広間の扉を家令に開けさせる。

　扉が開いた瞬間、セーラは思わず口に手をあててしまう。

　広間の卓には豪華な料理が並べられ、楽団が音楽を奏で始める。キラキラとした装飾や美しい花々で飾り立てられた広間に、驚きを隠せなかった。

　これが今、この国で財力を誇る男爵の力なのか、とただただ茫然とする。

「すみません……ですが私だけこのような歓待を受けるのは……」

　セーラはあまりの歓待に恐縮しながらホーネン男爵に言ったが、男爵は満面に笑みを浮かべて微笑む。

「聖女様の従者たちにも別室に同じものを用意しておりますので、ご安心ください」

　ホーネン男爵の言葉に、神官と護衛兵たちは喜色で顔を輝かせた。その様子に、歓待を断って水を差すことも憚られた。用意してくれた男爵にも無礼になるだろう。

「さ、どうぞ。この日のために当家のシェフが腕によりをかけて作った料理です。とくとお召し上がりください」

　ホーネン男爵に促され、セーラとアーレストは席に着く。

　セーラとアーレストの着席を合図に、三人だけの宴が始まった。

三人だけといっても、広間には大勢の楽士や食事を提供する給仕がいて、セーラはその人の多さに目がくらみそうになる。

奏でられる楽士たちの音楽は、晩餐の傍らで聞くのは惜しいほどに素晴らしく、用意された食事も高価な食材が惜しげもなく使われていた。中には一頭の牛から拳程度の大きさしかとれないという貴重な肉も用意されており、セーラはこの宴にどれだけのお金が使われたのかと空恐ろしくなる。

「すみません……こんなに素晴らしい宴を用意してくださって……貴重な食材もたくさん使っていただいて、本当に申し訳ないです」

「なあに、大したことではありませんよ」

ホーネン男爵の指には大きな宝石の指輪がいくつもはめられており、男爵家の財力の大きさを如実に表している。この程度の祝宴を準備することなど大したことではないと考えているようだった。

「ゲイザー辺境伯のお口にも合うと良いのですが、いかがですかな？」

ワインに口をつけていたアーレストは、問いかけに淡々とした口調で「悪くはない」とだけ返した。

「ははは、さすが辺境伯ですな」

不機嫌なことを隠す気がないアーレストに、ホーネン男爵はまったくこたえた様子もなく、料理や楽士、男爵家の富の話を延々と続ける。

セーラは微笑みを浮かべながら、ホーネン男爵の相手をする。教会での食事とは比べるまでもなく、セーラにとっては考えられないほど賑やかな食事だ。

だが、腹は膨れても心は満たされなかった。

――町の宿で、アーレストと二人でとる食事のほうが美味しいかも……。

黙々と食べるアーレストを見ながら、彼がいてくれて良かったとセーラは思っていた。


食事の後、セーラはホーネン男爵家の侍女に宿泊する部屋へ案内された。

月の光が差し込む天窓のついた美しい部屋だった。

ひさしぶりに湯の張られた風呂に浸かり、香りの良い石けんで身体を洗った。贅を凝らした宴よりも、セーラにとっては入浴のほうが有難く思えた。

アーレストに髪の艶をからかわれないよう念入りに手入れを終えて、就寝しようとしたときだった。

「聖女様、寝酒をお持ちいたしました」

にこやかな顔でホーネン男爵がセーラの部屋にやってきたのだ。

さすがにセーラもそれには顔を強ばらせた。

夜遅くに女性の部屋を訪れるなど礼儀にもとる。そろそろ四十も半ばになろうかという男のすることではない。良識を疑われる行為ではないだろうか。

「寝酒……ですか？」

「ええ、貴族の嗜みです」

寝酒など必要ないと思うものの、貴族の嗜みと言われてしまうと困惑してしまう。貴族の客として受け入れるべきなのか、断ってもよいものなのかわからない。

さも当然と言わんばかりの顔で、ホーネン男爵はワインボトルと杯を載せたトレイを手にしたまま、セーラの脇をすり抜けるようにして部屋に入ってしまった。

「聖女様、こちらは我が領内で醸造したワインでございます。聖女様のご年齢と同じ二十年物。祝福が捧げられる年にだけ開ける特別なワインです」

ホーネン男爵は運んできたトレイを寝台脇の小卓に置くと、つらつらとワインの説明を始めた。慇懃な口調だが、なぜかやたらに陽気だ。

興奮を隠しきれない様子で、ワインボトルを傾けて杯に注ぐ。口の端に唾が溜まるほどの勢いで話すので、申し訳ないとは思いつつもセーラは嫌悪を抱いてしまう。

「あの……私はお酒を飲んだことがありませんので……」

「そうなのですか？　……ああ、確かにお食事のとき、お酒を召されませんでしたな。ですが、このワインは食事のときにお出ししたものとは違う、特別なものなのです」

鼻息を荒くして、そう説明する。

ワインをセーラに突きつけ、飲んでくれるまではと頑としてホーネン男爵は譲らない。

「聖女様のためだけにご用意しましたワインです。どうかこの一杯だけでも召し上がっていただけませんか？」

「それでは……一杯だけ……」

セーラは仕方なくワインの杯を手に取った。

どこまでも濃い赤色をした液体は芳醇(ほうじゅん)な香りをセーラの鼻孔に届ける。葡萄特有の匂いは確かに嗅覚を刺激して美味しそうに思えたが、意を決して喉に流し込むと、カアッと身体の芯まで燃えるような熱さが通り抜けた。

「っ……とても……濃厚なのですね……」

すんでのところで噎(む)せるのを堪えて、それとなくワインらしい評価をする。酒に慣れていないセーラには美味しいと感じられなかったし、濃赤色の液体の味は舌に重く残る。

「そうでしょう、そうでしょう。さあ、もっとぐっと飲み干してください」

ホーネン男爵の視線はギラギラとして不気味に思えたが、この一杯を飲み干せば満足して部屋を出ていってくれるだろうと思い、セーラは無理やり喉に赤い液体を流し込んだ。

セーラが杯を飲み干すのをじっと見つめていたホーネン男爵は、杯が空になったのを見て満足そうに頷いた。

「このワインはですね……祝福が捧げられる年にだけ開けるため、この辺りでは『聖女の血』とも呼ばれております」

「聖女の血……ですか……」

「もう一杯、どうですかな？」

「いえ、さすがにもう……」

ホーネン男爵がさらにもう一杯すすめてくる。飲み慣れていないせいもあるが『聖女の血』と呼ばれていると思うと、とても飲む気にはなれない。

「申し訳ございません。お酒には慣れていませんので、これ以上は……」

断りの言葉を言った瞬間だった。

——え……？

後ずさるつもりはなかったのに身体が後ろへふらついた。

「おっと」

ホーネン男爵がふらついたセーラの腰を掴み、ぐっと自分に抱き寄せる。

「す、すみません……」

足元が覚束ない。

やはり酒など飲んだこともないのに、無理に口にしたせいだろう。身体が熱い。ワインを飲み干したばかりなのに、なぜか喉が渇いて仕方がない。

「あの……もう放し……」

抱き締めたまま動かないホーネン男爵に、セーラの中に嫌悪が増していく。セーラは早く離れようと、無礼にならぬように気をつけながら男爵の胸を押した。すると、その手をホーネン男爵がぎゅっと握り締めた。

「なにを……？」

間近で見上げると、ホーネン男爵はねっとりとした視線をセーラに向けていた。そして唐突に昔語りを始める。

「先代聖女の話を父に聞いてから、この二十年、私は次の祝福の年が来るのをとても楽しみにしていたのですよ。聖女様にお会いしたくて」

「そ、そうですか……」

握られた手を必死にはずそうとしたが、汗でぬるついたホーネン男爵の手はそれを許さない。昔を語る口調は興奮度を増していく。

「先代聖女がお越しになったとき、残念なことに私は王城で働いておりましてね。お会いすることができなかったのです。父が言うには、立ち姿から話し方まで、どこまでも儚げで、美しい女性だったそうです。きっと貴女のようだったのでしょうね」

　セーラは先代聖女と面識はない。似ているかどうかなどわからない。

　聖女は二十年に一度、五大公爵家から順番に差し出すことに決まっていることを考えれば、過去に遡るともしかすると血縁関係があるかもしれないが、今はそんなことはどうでもいい。とにかくホーネン男爵の胸の中から逃れたい。

「王族とその傍系にしか受け継がれぬ銀髪を持つ女性……それが聖女ですからね、なんと美しく貴重なことか……。祝福を捧げる歳になるまで、外との接触は一切断って教会で育てられる純粋培養の聖女。こういった機会がなければ触れることも叶いますまい……。父の自慢話を聞いて、私は二十年ずっとずっと夢見て待っていたのです」

　ホーネン男爵はふくよかな手でセーラの銀髪を掴むと、指先で揉み込みながら恍惚な表情を浮かべた。

　セーラの背筋にぞわりと悪寒が走る。

「やめてください……！」

ついにセーラは嫌悪を露にした。ふらつきながらも必死に顔を振り、ホーネン男爵の手から髪を引き抜く。

ホーネン男爵はにたりと卑しい笑みを見せた。

「聖女様がお飲みになったワインは、特別な調合をしておりましてね」

「ちょう……ごう……？」

不穏な言葉にセーラは慄く。

「ええ。ワインに少しだけ特殊な蜜を忍ばせているのです。ひと口でも飲めば、処女でも天国に昇るような快楽を得ることができるのだとか。父が言うには先代の聖女様もワインをお飲みになって、とても悦び喘いだそうですよ。純潔を散らしたときの甘い啼き声はそれだけで猛ったと……」

「――！」

ホーネン男爵はギラギラと盛りのついた犬のような目で、セーラを舐め回すように見た。それは男爵邸に着いたとき、ホーネン男爵から向けられた視線とまったく同じもので、このときになってようやくホーネン男爵がどんなつもりで自分を男爵邸に招いたのか気づく。

ホーネン男爵は、手汗でべったりとした手を放すと、そのまま下に降ろし、セーラの太ももを撫で上げた。

――やっ……！

心の中では吐き気さえ覚えたというのに、驚くことにセーラの口から漏れたのは別の音だった。

「あ……」

自分でも信じられないような甘い声が口からこぼれる。

驚きでこれ以上声が出ないように唇を噛み締めれば、ホーネン男爵は幼い子どもに言い聞かせるような口調で言う。

「ああ、せっかくの甘い声を我慢などなさらないでください。貴女の声を聞くのはこの私だけです。屋敷の者はこの部屋から遠ざけましたし、聖女様の従者は酒を過ごしてもう寝ています。朝まで起きることはないでしょう。安心して声をお聞かせください」

どこにも安心する要素はないのに、ホーネン男爵はそうセーラに囁く。その声すらもおぞましい。

「どうです？　感じるでしょう？」

ホーネン男爵が太ももの内側をぐにぐにと揉むと、体中にゾワッと得体の知れない感覚が走った。嫌悪であるはずのそれは、触れられた箇所から異なる信号をセーラに送る。

蕩（とろ）けるような、腹の奥がじんじんと熱くなるような、不可解な感覚だ。

――何？　何が……？

太ももを撫でるだけだった手が、セーラの内側に滑り込んだ。風呂や不浄のときにしか触れることのない場所を暴こうと、ホーネン男爵は指を蠢（うごめ）かせる。

「ひっ……いやっ……」

セーラは拒絶の声を発したが、それは叫びと言えるほどの大きさはなかった。身体がふらつくどころか、もはや力が入らないのだ。

ホーネン男爵のぐふぐふと笑う声にセーラは吐き気を催（もよお）しているのに、下着越しに伝わるおぞましい指の感触が甘い痺（しび）れに変わっていく。

心と身体がバラバラになってしまったかのようだ。

セーラは嫌悪から涙をほろほろと流すと、ホーネン男爵がべちょりと舌で舐め上げた。

「聖女の涙はなんと甘露（かんろ）なのでしょう！　ああ、ご心配なさらずとも、貴女の身体を余すところなく、私が舐めて差し上げますからね。私はね、二十年間、この日をとても楽しみにしていたのですよ！」

そう言って、ホーネン男爵はセーラを寝台に押し倒すと、セーラの服の胸元を勢い良く引きちぎる。

質素な作りの寝衣は簡単にビリビリと引き裂かれた。

――いや……！　こんなのいや……！

首を横に振ろうとするが、それさえもままならない。

自分の身体に起きている異常に恐慌をきたすが、涙を流すこと以外に何もできない。

セーラの胸に絶望が宿る。生理的嫌悪だけでなく、身体の自由を奪われた悔しさや絶望からも涙は溢れてくるのだと知った。

ホーネン男爵は先代聖女も、と言った。彼女もこんなふうにワインを飲まされ、陵辱(りょうじょく)されたのだろうか。それは、どれほどの屈辱と絶望だっただろう。

自分の身に起きていること、先代聖女の身に起きたことを思うと悔しくてならない。

ホーネン男爵から逃げることができないのであれば、身を穢(けが)される前に舌を噛んで自決したいが、『聖女』の役目がセーラを縛り、その選択をさせてはくれない。

セーラにとって『聖女の祝福』が何よりも大切な役目であり、それを全うすることだけが彼女の存在価値だ。

こんなときなのに思い出すのは、ヒューイ神父の抑揚のない声だ。

「あなたがこの国を支えるのですよ」

――神父様、こんな目に遭っても私はこの国のために……？

重い身体がのしかかって身動きひとつとれない。なのに、その重みさえも快楽に感じようとしている自分の身体が悲しい。痛い。辛い。

「あ……ああぁ……」

喘ぎ声とも、叫び声ともつかない声がセーラの口から溢れ始めると、ホーネン男爵は嬉しそうに笑った。

「さあ、一晩中、私のために可愛らしい声で啼いておくれ」

——どうして、私は聖女なのだろう。

ホーネン男爵の真上に、天窓が見える。そこからちょうど月の光が注ぎ込んできて、組み敷かれた自分と男爵を照らす。月明かりが自分を助けてくれるわけはないし、聖女という役割もまた、何の力もない。

絶望で己の目を濁らせたとき——。

鼻息荒くセーラの胸を鷲摑みにしたホーネン男爵の身体が寝台から吹っ飛んだ。誰かがぐっと首根っこを摑んで、ぶんっと振り払ったのだ。

ホーネン男爵は、べちゃっとガマガエルのように絨毯(じゅうたん)にへばりついた。

「ぐびぇ……!」

醜(みにく)い声を上げてホーネン男爵は、痛みに呻(うめ)く。同時にセーラの身体を包むように黒い上着が掛けられた。

——何……？

のろのろと起き上がるセーラとホーネン男爵の間には、背の高い黒い髪をした男の姿がある。月の光が、その男の美しい黒髪を照らした。

——アーレスト……！

哀しみではない涙が熱くセーラの目尻に滲んだ。安堵と同時に、はしたない姿を見られてしまった羞恥から、動かぬ腕で必死に掛けられた上着で上体を隠した。

「な、誰——ヒッ、辺境伯……！」

床にへばりついていたホーネン男爵は顔を上げて、燃え盛る焔のような怒気を放っている男が誰であるか気づくと恐怖に慄いた。

床に尻をつけたまま後ずさるも、アーレストの長い足はすぐに距離を詰め、ホーネン男爵を蹴り倒し、仰向けになった醜い腹を片足で上から踏みつけた。そして、痛みと恐怖で喚きまくるホーネン男爵のみぞおちを踵で抉る。

「死ぬか？」

たった一言。大きな声ではないのに、部屋に響き落ちた。

憤怒の気配に圧されて、ホーネン男爵は喚き声を呑み込み黙る。

アーレストは腰に佩いていた剣をすらりと抜くと、剣先をホーネン男爵の鼻先に突きつけた。

「……セーラに何を飲ませた」

怯えるホーネン男爵に対し、アーレストが静かに問う。

「ひ、ひぃぃぃ……！」

「答えろ」

「は、はいっ！　媚薬ですっ」

「解毒薬は？」

「……あ、ありません……」

アーレストは無表情で剣を横薙ぎにした。

ホーネン男爵の額に横にひとすじ傷がつく。傷口からぷつりと血がこぼれる。

「ひやあああ……！」

薄皮を斬られた程度でしかないというのに、ホーネン男爵は今すぐ死んでしまいそうなほどの悲鳴を上げた。

アーレストは眉間に皺を深く刻むと無言のまま、無造作に剣を振り下ろす。

ホーネン男爵の顔の中心に赤い筋が走った。やはり薄皮一枚分でしかないが、ホーネン男爵を震え上がらせるには十分だった。

恐怖のあまり、口の端に白い泡を吹き始めたホーネン男爵に対し、アーレストは静かに問いかける。

「もう一度聞く――解毒薬は？」

「……ありません、ないんです！　本当なんです!!」

縋りつかんばかりの勢いで喚くホーネン男爵の手のひらに、アーレストは剣を突き刺した。

「ぐぎゃあああ！」

先ほどから立て続けに部屋に響き渡る悲鳴に、セーラはガタガタと震えながらも固唾を呑んでそれを見ていた。

――アーレストを止めなくては……。

そう思うのだが、熱くなっていく身体を抱き締めるようにして寝台に座っているだけで精一杯だ。

今この瞬間にもドクドクと心臓は早鳴りし、何か言おうとすれば甘い吐息になってしまいそうで、セーラは声が出せなかった。

その声がどういう状態で何を意味することなのか、セーラにはわからなかったが、きっとはしたないことなのだろうと思う。

「エスタト」

アーレストが低い声で従者を呼ぶと、まるで影から滲み出たかのようにするりとエスタトが姿を見せた。セーラは唐突に姿を見せたエスタトに驚く。

——そういえば、この二人はどうしてここに……。

熱く煮える身体を持て余しながらぼんやりと思う。この二人に助けられたのだろうと思うのだが、薬によってもたらされる熱にそれ以上深く思考することができなかった。

アーレストが顎(あご)でワインを指し示すと、エスタトはボトルを手に取って杯に注ぎ匂いを嗅いでみせる。細い目がさらに細められた。エスタトはふうと小さく息を吐き肩を竦(すく)める。

「そこの豚の言うとおりに、おそらく解毒薬はない種類の媚薬ですね」

アーレストは顔を険しく歪めた。

「何のために、お前に見張らせたと思っているっ！」

従者に怒声を浴びせるアーレストの言葉にセーラは驚いた。セーラは火照(ほて)る身体に呼吸を乱しながら、アーレストの背を見つめる。

——見張らせていた？　誰を？　なぜ？

「お前ならワインを飲まされる前に止めることもできたはずだ‼」

自分を守るために、従者に見張らせていたのかとセーラは得心する。

「着いたときからこいつはセーラの身体をあからさまに見ていただろう。これくらいの予想はついただろうが！」

どうやらアーレストはこの男爵邸に着いたときには、ホーネン男爵の様子を訝しんでいたようだった。彼がホーネン男爵を警戒する横で、呑気に食事をしていたのだと思うと、セーラは自分の思慮の浅さを恥ずかしく思う。

エスタトは主人の怒声をさらりと受け流した。

「アーレスト様はご要望が多すぎます。私ほど優秀な従者はおりますまいに」

「ふざけるなっ！」

「私は従者でございます。この豚は身分だけは男爵ですから、アーレスト様にお知らせするだけで精一杯」

エスタトは身分差ゆえに阻止できなかったと説明しながらも、慇懃な口調でホーネン男爵を豚と蔑む。

「飲んだくれて騒ぎに気づかない神官どもに比べれば、十分な働きと存じますが」

飄々とした従者に苛立ちを抑え込むことができず、アーレストは吐き捨てるように言葉を叩きつけた。

「本当に解毒薬はないんだな？」

「ございません。豚が先代の聖女にも使ったと話していましたが……」

「先代の聖女にも、だと……」

剣の柄を摑むアーレストの手に力がこもった。剣先がさらに深く穿(うが)たれ、痛みに呻きながらホーネン男爵は叫んだ。

「ち、父です。やったのは私じゃない！」

「下種が……」

アーレストがぎりぎりと奥歯を嚙み締める。

「豚の言葉に偽りがないのであれば、このまま放置すれば身体の熱のやり場がなくなります。聖女様はそんなに体力があるわけではないでしょうから、一週間ほど寝込むことになるでしょう」

エスタトの言葉にセーラは愕然(がくぜん)とする。火照る身体は熱さを増していく一方であるのに、この熱さを治める薬がないとは。

――このまま一週間も寝込んでしまったら、刻限までに大聖堂にたどり着けないかも知れない……。

火照りのせいか、務めを果たせぬかもしれない畏れのせいか。セーラはぶるりと身体を震わせた。悔しさの余りぽろぽろと涙がこぼれてくる。

「いや……寝込みたく……ない……役目が……」

息も絶え絶えに寝台の端まで這いずっていくと、アーレストの服の裾に手を伸ばす。

ひたすらにアーレストに懇願すると、彼は紫の目を大きく見開いた。そして、痛みでも堪えるかのように顔を歪めて呟く。

「貴女は、こんなときでも『聖女』であろうとするのか……」

アーレストの言葉に、セーラは必死に頷く。

――だってそれが私の役目……生きる意味……教わってきたこと……。

「助けて……お願い……」

セーラに対し、アーレストはその手を一度だけぎゅっと握った。

「放置はしない」

アーレストの言葉にセーラは安堵した。

アーレストがそう言ってくれたのなら、きっとなんとかしてくれる。根拠などない。

アーレストとの付き合いなど一ヵ月にも満たない。それでも、今のセーラにとって一番信頼できるのは彼だけだった。

くらりと酩酊（めいてい）がセーラを襲う。

「んっ……」

セーラの口から、甘い声が堪えきれずにこぼれた。

——頭が……くらくらする……。

この火照りをどうにかしてほしいとしか考えられなくなっていく。

セーラの限界に気づいたアーレストが焦りを見せた。

「エスタト、方法は？」

「アーレスト様が、身体の熱を放出して差し上げればよろしい。何度か気をやれば落ち着くでしょう。……それでも聖女様にはきついでしょうが」

アーレストはエスタトの言葉に目を見張り、背後の寝台に座るセーラへと視線を向ける。

セーラには二人が何を言っているのかわからなかった。

ただ、何かをしない限りセーラの身体は元に戻らないということ、それをアーレストがしてくれるのだということだけはわかった。

「あ……っ」

セーラは媚薬による熱に浮かされ、救いを求めてアーレストを見上げる。しかし、即座に顔を逸らされてしまった。

——ああ、はしたなかっただろうか？

そんな思いが浮かぶがセーラにはもうこの身体の熱を我慢することは難しかった。青い瞳からは涙が溢れ、真珠のようにこぼれ落ちていく。

「クソが！」

突然、アーレストが叫んだ。

そして、勢いよく剣を引き抜くと床でガタガタと震えるホーネン男爵の手の、再び同じ箇所を突き刺した。苛立ちをぶつけるように、剣先を捩じる。

「ぎゃあああああ！」

ホーネン男爵は絶叫を放って気絶した。

セーラにもそれが見えているが、先ほどとは違って、そういう状況であるという認識ができるのみだった。腹の底から湧き上がる感覚がもどかしく、身体の中で渦巻く熱に支配され、そのことに対して何か思うことなどもうできなかった。

――熱い……苦しい……。

断末魔が上がったというのに、ホーネン男爵の従者は誰も様子を見に来ない。

先ほど自分で話していたとおり、何が聞こえても近寄らぬように言いつけて屋敷の者を遠ざけているのだろう。

アーレストは剣の血を振り払うと鞘に戻した。床に転がるホーネン男爵を、エスタトのほうへ蹴り転がす。

「始末をしておけ」

「おや、方法はいかがしますか？」

主の言葉にエスタトはおどけた調子で問う。細い目が月のような弧を描く。

「任せる」

短い一言にエスタトは特に何を言うでもなく、ホーネン男爵を軽々と肩に担ぎ上げて部屋から姿を消した。


「大丈夫か……？」

寝台に蹲る（うずくま）セーラにアーレストはこわごわと声をかけた。

まるでセーラが触れれば粉々に砕けてしまう硝子細工であるかのように。

セーラはカタカタと震える身体を抱き締めながら、声のするほうを見上げた。

心配そうな色を湛えた紫の瞳がセーラの顔を覗き込む。その瞳は言葉がなくとも、雄弁にアーレストの気持ちを伝えていた。

きっとこの状態を治めるための何かをしてくれるのだろう。そう思い、礼を言いたいのだが、セーラは荒くなる息を整えることもできない。

　すでに舌は呂律が回らなくなっており、身体は燃えているのではないかと思うほどに熱くなっている。きっとこれはホーネン男爵の言っていた媚薬のせいなのだろう。

「くる、しい……」

　セーラの唇から漏れた言葉に突き動かされるように、アーレストはセーラの身体を抱き上げる。ふわりとアーレストの匂いが鼻孔をくすぐる。森の中にいるような、落ち着いた優しい香りだ。アーレストはセーラを抱きかかえ、自分も寝台の中に入り込む。

　アーレストが助けてくれる――なんの根拠もない信頼が、セーラの身体から力みをなくさせる。くたりとアーレストのたくましい胸に身体をもたれかけさせると、戸惑うような声で名を呼ばれた。

「セーラ」

　どこかやさしい声が耳に心地よい。身体は苦しくてならないのに、心配げな声で名を呼ばれる喜びに心が満ちる。

　アーレストはセーラの身体をそっと寝台のちょうど中央に横たえた。天窓から綺麗な月が見える位置だ。熱に浮かされぼんやりと見上げると、天窓の月を背にしたアーレストの顔は、とても美しく、その瞳の紫も吸い込まれそうなほど深みのある色をしていた。

セーラの身体がふいに大きく震えた。

「寒い……」

急激に熱が上がったせいか、身体がとても冷えているように感じる。指先の感覚がなくなっていく。カチカチと小さく歯が鳴るのを止めることができない。

眦にたまっていた熱い涙が、滴となって顔から流れていく。仰向けなのでまっすぐに下りていったそれは、耳殻のあたりを濡らした。

身体を侵食していく熱を、早く外に出したい。

これを治せるのはアーレストだけだ。

「はやく……からだのねつを……はやく――」

セーラが熱のこもった目で見上げると、アーレストはひどく悩ましげに首を横に振り、意を決したように再びセーラを抱き寄せた。

そして、寝台の背もたれに背を預けると、セーラの身体を自分に引き寄せ、後ろから抱き締めるように支えた。

――あ……。

月光に、まろびやかなセーラの乳房が照らされる。ホーネン男爵に寝衣を破られたため、乳房が晒されていた。

ごくり、とアーレストの喉が鳴る。

しかし、次の瞬間にはセーラの胸元までシーツを掛けた。

「熱を逃がすだけだ、心配するな。貴女の純潔を穢すようなことはしない。……だが、触れねば治してやることができない……触れることを許せ」

苦しげな声にセーラはただこくりと頷く。

何か苦しみ耐えるようなアーレストの表情に、無理をさせているのかもしれないと思ったが、今はアーレストを頼る以外に術はなく、治療の邪魔だけはしないようにとセーラは身体の力を抜いた。

背中にアーレストの温もりを感じ、ほお……と小さく息が漏れた。

「触れるぞ」

掠れた声に背筋が震えた。ホーネン男爵に感じた気色悪さとは違う何かが、セーラの身体を震わせていることに気づく。

アーレストの両手が脇の下から前に伸び、シーツの上からセーラの胸に触れてくる。

先ほどまでは触れるのがあんなにも気持ち悪く恐ろしかったのに、アーレストに触れられてもそんなことを少しも思わないのが不思議だった。

「んっ……」

ゆっくりと下から胸を揉み込まれ、つま先がピンと伸びる。思わず顎がのけぞるほどに気持ちが良かった。自分でも身体を洗うときに胸を触るのに、他人に触られるのはこんなにも感覚が違うのかと驚いた。

「あっ……」

やさしい強さで胸を揉まれる。息を吐くたびに、小鳥のような小さな声が自分から勝手に漏れてしまう。中央に胸を寄せられたり、ぐっと掴まれたり、緩急をつけて揉み込まれるたびに、身体がとろとろと溶けていくようだった。

「……あっ、い……」

身体に掛けられたシーツがもどかしい。薄い布でしかないのに、アーレストとの間を阻む分厚い布のように感じる。

布越しではなくアーレストの手のひらで、じかに触れてほしい。

アーレストに触れられた瞬間、はしたないという気持ちは消えてしまっていた。

今はただもっと、もっと欲しいとしか考えられない。

セーラは片手をアーレストの手に這わせながら、もう片方の手でシーツを腹の辺りまでずり下げる。すると、シーツの下に隠れていた乳房がこぼれるように外に出た。

「あっ……は……」

そこにアーレストの手を誘導すると、信じられないくらい気持ちが良くなる。微笑さえ浮かべるセーラに、アーレストが小さく舌打ちをした。

「厄介な薬だな……」

アーレストの低い声が背中に響いて気持ちがいい。

ただただ触れてほしい。焦れるような思いで身体を震わせる。

「んふっ……んあっ……」

――気持ちいい。

アーレストに触れられると身体の熱さが増していくのに、それが嬉しい。背中にある温もりが自分をもっとめちゃくちゃにしてくれたらいいのにと思ってしまう。

両胸の中心がピンと尖り始めているのを自分でも感じた。月光に青白く照らされた山の中心で、主張しているそれを突き出すように背をそらすと、アーレストは両胸の先端を同時に摘まんでくれた。

「きゃぁ」

小さな悲鳴が細い喉からこぼれた。

その瞬間、背筋が大きくそり返り、びくびくと身体が跳ねた。

「こんな少しの刺激でイッたのか……」

「ああ……アーレスト……もっと……もっと」

「これは薬のせいだ。忘れるなよ」

先ほどよりもいっそう苦しさを増したような声で、アーレストが念押しする。

媚薬で火照る身体を治してくれているというのはわかっている。

なぜわざわざ言い聞かせるように言うのかわからないが、セーラは必死に頷いて続きをせがむ。

しっかりと尖ったそこをくりくりと摘まれながら、下から胸を持ち上げられる。

アーレストの長い指が、薄く桃色に染まったセーラの胸の先端を弄る様は、ひどく卑猥で、視覚だけでまたセーラはイッた。

「くふっ……んんっ……」

アーレストはセーラの望むとおりにしてくれるのに、もっと熱が欲しくて、足を擦り合わせると、足の間がぬるりとした。

「アーレスト……あしの……なにか、へん……」

違和感を訴えると、胸を揉んでいた右手が腹をなぞりながら下へ降りていく。そしてセーラの内ももをぐっと開いた。下半身はシーツに隠れているので、セーラはされるがままに恥じらうこともなく足を開き、足の間が濡れている感触に気づいた。

「あ……わたし……ごめんなさい……」

媚薬のせいで舌がうまく動かず、幼子のように稚い口調で「漏らしてしまったの？」と問うセーラに、アーレストは「違う」と低く返した。その低い音が心地良い。

「媚薬のせいでそうなっただけだ」

「びやく、のせい……」

よくわからぬままにアーレストの言葉を繰り返すと、下着の上からすっとアーレストの指がそこをなぞった。

「ああんっ」

甲高く甘い声が喉から放たれる。

それは自分の声とは思えないほどに甘く、淫らだった。

すっすと、人差し指がなぞるようにそこをたどれば、それだけでセーラの息は上がり、ぬるぬるとした感覚が強くなる。

シーツの中から、熱気とともにむあっと知らない匂いが立ち込めてくる。

「いい……きもち、いいっ……」

ぐっと足を閉じてアーレストの右手をそこに留めたいのに、身体が落ち着かない。

「アーレスト……もっと……もっとちょうだい？」

やはり直接触ってほしい。そのぬかるんだ奥に何かがある気がしてそう懇願すれば、下着から一度手を放したアーレストは、上からその奥に再度手を忍ばせてくれた。

自分の身体のつくりは知っているつもりだった。

けれど、何も知らなかったのだと今思い知る。

アーレストの指が薄い茂みをかき分けて、襞の奥にある孔にたどり着く。孔のこぼすぬかるみを確かめると、つぷりと指を差し入れた。

「熱いな……」

アーレストが熱に浮かされたような声で呟く。彼の指こそが熱いのに。

「そこ……から……いっぱいあふれてくるっ……」

たどたどしい言葉で自分の熱源がそこだと訴えると、アーレストは「そうだな」と肯定してくれた。

「女はここから蜜をこぼし、男を誘う。……だが今は、媚薬のせいでそうなっている」

「びやく、のせい……」

アーレストは何度も何度も呪文のように「媚薬のせいだ」とセーラに言い聞かせた。言葉にすればするほど苦しさを増していく声に、なぜかセーラの中は熱くなってしまう。

――あつい。あつい。きもちいい、あつい。

これが薬のせいならば、早く熱源を取り除いて、治してほしい。

「もっと……アーレスト……」

もっともっと――セーラは無意識に腰を動かし、身体をくねらせてアーレストを刺激し続ける。淫靡さのある甘い声でアーレストの名を呼び、もっともっととその先をねだる。

これがどういう意味の行為であるかをセーラはわかっていない。

だが、アーレストだけが自分を治してくれる、熱から解放してくれるのは彼だけだという思いがセーラを突き動かす。

身体の中に渦巻く熱に浮かされ、セーラは自分の股間にそっと手を這わせる。そこに触れている大きなアーレストの右手をゆっくりと両手で触りながら、アーレストに言う。

「……おねがい、もっとぉ……」

「くっ……」

とろみと糖度の増したセーラの声に、アーレストが呻く。アーレストは数秒そのまま固まっていたが、突然、堰を切ったように力を込め、指を動かし始めた。

指が激しく動けば動くほど、ぐじゅぐじゅといやらしい水音が響き渡った。人差し指がセーラの内壁をぐっぐっと押しながらかき混ぜてくる。

身体を侵食する熱を凌駕する何かに高められ、セーラは甘い声をこぼした。

「ああっ」

　セーラが高く声を上げた場所をアーレストは指で執拗に嬲(なぶ)る。

　感じすぎる苦しさのあまり泣き声が混じってくる嬌声(きょうせい)を、さらに上げさせようとでもするかのようにアーレストの指は激しさを増していく。

　孔の手前の尖った粒を念入りに摘まみほぐし嬲り続ける。もう片方の指で蜜孔の内壁をこすられると、強すぎる快楽でセーラの意識は白くなっていく。

「んんんんっ」

　びくびくと跳ねる身体はアーレストに後ろから羽交い締めのように押さえつけられ、身動きがとれない。背中に重くのしかかるアーレストの息が荒い。

「ああっ……！　イいっ……んんん……！」

　イくということがどういうことなのか覚えた身体は、簡単に次の頂を目指し始める。

　ぬかるんだ蜜孔を右手と左手が交互に蹂躙し、脳裏に激しく稲妻にまたたいた。

「あ――……」

　悲鳴のような嬌声を上げて、セーラはそこで意識を失った。

セーラが気を失ったとわかってもなお、アーレストはその蜜孔のぬかるみから指を出すことをためらった。彼女の中はひどく蠱惑的にアーレストを誘う。今すぐに彼女の中に己自身をぶちこみたいという凶悪な感情を、必死にアーレストは抑えていた。

アーレストの両手はセーラの蜜でまみれ、快楽に満ちたいやらしい匂いを纏っていた。

セーラの背からようやく離れることができたのは、彼女が気を失って少し経ってからだった。

よく耐えたものだと思う。

最初に誓ったとおり、セーラの純潔を奪うような真似をする気はまったくなかった。媚薬を解毒するには熱を放出させて、熱がなくなるまで何度もイかせるしか方法がない。

セーラは無垢さゆえにアーレストを信じ、身体を預けた。男女の行為がよくわかっておらず、熱を治すためにそうしたのだろうが、男という性をわかっていない。

あんな甘い声でとんでもないことをねだる。

セーラの小さな手で、アーレストの手を誘導されたときは、理性が焼き切れてもおかしくなかった。

媚薬のせいだと何度も自分に言い聞かせても、あんな声で求められて男が反応せずにいられるわけがない。耐えることができたのは奇跡に近い。

背中から抱き締めていてよかったとつくづく思う。

もし正面から、月明かりに照らされ美しく乱れるセーラを見つめていたら、アーレストは自制できず欲望のままに彼女を犯していたかもしれない。ギリギリの瀬戸際だった自覚はある。

ボロボロの自制心がすんでのところで踏み留まることができたのは、薬の力で聖女を得ようとしたホーネン男爵や、権力で母を奪い取ろうとした国王のような下種になりたくなかったからだ。

この世でもっとも憎み蔑む存在と同じところに堕ちるのは、自尊心が許さなかった。

心を落ち着かせてから、彼女の身体を丁寧に拭って、綺麗なシーツで包む。

薄汚い男に引き裂かれた寝衣はゴミ箱に投げ入れた。

セーラを起こさぬようにそっと離れて寝台を降りると長椅子にドカリと座る。小さく息を吐いたところで、トントンとノックの音が響いた。

「入れ」

確認するまでもない。エスタトだ。この男はいつでも計ったようにタイミングがいい。

エスタトは足音もさせずに、アーレストの側にくると手に持っていた服のうち、女性用の寝衣を差し出した。そして、ドレスは皺にならないようハンガーに吊るした。

「聖女様の寝衣と明日のドレスもご用意しております」

「俺に着替えさせろと……？」

ぐったりした表情でアーレストが問いかけると、エスタトは細い目をさらににっこりと細くしながら「私が着替えさせても？」と聞いてくる。

からかい気味の声にアーレストはうんざりした。

アーネストはぐったりと寝台に横たわるセーラに視線をやった。

「……かなり強力な薬のようだが、副作用は大丈夫か？」

熱の苦しさから逃れるために、甘い声でねだるセーラのなまめかしい姿態が脳裏によみがえり、どうにか振り払う。

「なかなか凶悪な薬です。服用してすぐに熱を発散させれば治まりますが……放置していたら身体どころか、精神が持たなかったでしょうな。昔、女性の肉体を支配し奴隷化するために使われていたものらしいですから」

エスタトの言葉に、アーレストは荒々しく息を吐き出した。

アーレストは鬱屈した憤怒を滾らせる。

あの豚は先代聖女にも媚薬を使ったと言っていた。

二十年前、幼かった自分は、銀髪の聖女をこの世のものではない妖精のようだと感じていた。線が細く頼りなげで、どこか幼くさえある容貌には感情はなく、それが不可思議なほどに彼女の美しさを際立たせていた。

ひと言だけでも声が聞きたくて、彼女に近寄ろうと苦心した。知らなかったとはいえ、なんと無邪気な愚かさで彼女に近寄ったのだと、頭を掻きむしりたくなる。

あの少女はこの男爵領で陵辱された後だったのだ。

どれほどの絶望が先代聖女の胸中にあったのかと思うと、やりきれない。

「あの豚はどうした」

「不幸な事故で怪我をして、しばらく部屋から出ることができないと、ここの侍従に言い聞かせました。思ったよりも理解力があって助かりました」

どうやらホーネン男爵を殺すのは控えたようだ。侍従にどのように言い聞かせたのかはあえて問うまい。

殺してもかまわない下種だが、今はエスタトの判断が最善だろう。

「ところで、アーレスト様」

「なんだ？」

エスタトが何か言いたげな顔でアーレストを見る。こんな表情のときは碌でもないことを言いかねないので警戒すると、エスタトは思いがけないことを口にする。

「このまま聖女様を攫って隣国へでも逃げましょうか？」

「は……？」

何を言っているのかと思った。

何のために今まで自分が生きてきたのか、エスタトは誰よりも近くでアーレストを見てきたのだから知っているはずだ。

だから、何を馬鹿なと切り捨てようとしたのだが、それより先にエスタトが口を開く。

「聖女様を殺さなくても『聖女の祝福』を阻止する方法があることにはお気づきでしょう？アーレスト様が聖女様に情が湧いたのであれば、このまま二人でお逃げになってもよろしいと思いますよ」

主人の積年の思いをサラリと方向転換しろと言うエスタトの提案に、返す言葉もない。

確かに、聖女を殺さなくとも、目的を果たすことはできる。

『聖女の祝福』には厳格な取り決めがいくつもある。

聖女に選ばれるのは王家の血を引く——銀髪の乙女であること。

場所は大聖堂であること。

必ず二十年に一度であること。

そして、祝福を捧げるのは『聖女』が二十歳になる日の午後であること。

ほかにも細々とした決まりがあるが、この四つだけはどれかひとつでも欠けることは許されない。これを尋常ではない粘着さで三百年間も続けてきたこの国に、大きな狂気をアーレストは感じる。

まるで悪魔との契約のようだ。

『聖女の祝福』を捧げることで国の安寧を得ているという伝承に、信憑性が増すというものだ。細かな制約を知らないせいであるとはいえ、これを人々が軽く受け止めているのがアーレストには理解できない。そこにも歪んだ狂気を感じる。

セーラを殺さなくてもいい――それは、甘美な誘惑としてアーレストの耳に残る。

アーレストは己の計画に彼女を巻き込むことに、いまさら罪深さを覚えていた。

いや『聖女』なのだから、どうあっても巻き込むことになる。

それでも、エスタトの言葉を即座に撥ね退けることができないくらいには、セーラという名の聖女を哀れだと思うようになっていた。

短い旅でアーレストがセーラに驚いたことは、あまりにも自然に彼女が自己犠牲を己に強いていることだった。この男爵邸に来るときも、神官や護衛兵の疲れを心配してアーレストに提案してきたが、それをあえて自分が休みたいからだと言い換えた。

自己犠牲を当たり前だと思っているのだろう。

媚薬で身体がおかしくなろうが、聖女の役目を全うさせようとする執念もある。

そんなセーラを見ていると、アーレストは己の乳母を見ているようで辛くなる。

逃げたくとも、悲しくとも、歯を食いしばって辺境伯領で暮らした日々。

アーレストの乳母は病を得て衰えやつれたあげくに死んだ。

自分の息子が身替わりになって死んだにもかかわらず、彼女はただの一度もアーレストを責めず、最期の時までアーレストの身を案じアーレストのために生きて死んだのだ。

セーラにはそんな乳母にも近い、いや、乳母以上に大きな献身がある。

質が悪いことに、周囲の者たちは彼女の献身を当たり前のものとしか扱わない。

――逃げられるなら逃げてしまえばいいのに……。

セーラを見ているとついそう思わずにはいられなくなってしまう。

だがセーラが聖女という枷を自らはめているうちは、どうすることもできないだろう。

「彼女を生かすも殺すも、どちらにせよまだ先だ……」

祝福を捧げる日までまだ一ヵ月ある。殺すにせよ逃がすにせよ、まだ早い。

「かしこまりました」

エスタトは片手を胸に当て優雅に頭を下げると扉へと向かった。すると、ほとんど同時に、気を失っていたセーラが小さく甘い声を上げた。

「ふぁ……んんん……」

エスタトはセーラがまだ媚薬の熱を持っていることに気づいていたらしい。主人の邪魔をせぬように、さっさと退出したのだろう。

有能すぎる従者を苦々しく思いながら、アーレストはセーラの待つ寝台へと向かう。

気を失ったままだが、身体がまた覚醒し始めて疼くのだろう。

太ももを擦るように身体を捩じって熱のやり場を求める姿は、月光に照らされ酷く蠱惑的だった。

天窓から注ぐ月光に照らされた銀髪が、とても美しい。

ホーネン男爵は銀髪の聖女を組み敷くために、わざわざ天窓のあるこの部屋を作ったのかもしれない。

そう考えると、手を剣で突き刺しただけでは足らなかったと思う。

「アーレスト……アーレストっ……」

苦しそうに名を呼びながらうっすらと目を開けたセーラが、熱で潤んだ瞳を向けアーレストを乞うた。

まだセーラの意識は朦朧としてははっきりしていないかもしれない。たどたどしくアーレストの名前を呼ぶ姿は、アーレストの自制心を激しく揺さぶる。

アーレストが抱きかかえようとすると、セーラは縋るようにアーレストの首にしがみついてくる。

「……あつい、の……さわって……アーレスト……」

可愛らしい声でこんな言葉を紡がれてはたまらない。

「ああ、気持ちよくしてやる。だが、これは媚薬のせいだ。決してお前の意志ではない。俺はお前の身体を決して穢すまい」

アーレストは宣誓するような口調で一気にまくし立てると、そのままセーラを押し倒し、彼女の足の付け根に手を這わせる。

「あっ……はっ……」

若い雌の匂いだ。どこまでも瑞々しく淫靡な匂いの誘惑。アーレストは自分の中に湧き上がる劣情を意志の強さで抑え込む。

セーラに触れるのは、苦しむ彼女を助けるためだ。それ以外に理由があってはならない。

明け方までセーラの甘い嬌声は途切れることなく続いた。

第五章

ヒューイ神父の、手が、好きだった。

教会では毎週、礼拝が行われていた。休日の午前中、教会の近くに住む人々が祈りを捧げるために、家族とともに訪れる。

セーラは『聖女』であるために人々に姿を見せることを許されず、礼拝の間は教会の二階にある小部屋から出ないようヒューイ神父にきつく言われていた。

その部屋には小さな窓があり、セーラはそこから礼拝に訪れる人々を眺めるのが好きだった。母と父に無邪気にじゃれつく子どもたち。その子どもが、もし自分だったらと空想して楽しむのだ。

「お祈り、上手にできたでしょう！」

「ああ、すごいぞ！」

五歳くらいの可愛らしい娘の頭を父親がぐしゃぐしゃと撫でる。父親の年の頃は、神父と同じくらいだろうか。リボンで結んだ髪をぐしゃぐしゃにされたことに、小さな娘は少しだけ腹を立てながら、それでも父親の温かな手を喜んでいる。

——神父様はあんなふうに私を褒めてくださることはないけれど……。

それでも『聖女』の誕生日のときだけは、セーラの頭を撫でてくれる。

『聖女』として設定された誕生日に、たいして思い入れはない。むしろ、二十歳に近づいていくことを意識せざるをえない日で心が重たくなりもする。

けれど、この日だけは寡黙なヒューイ神父も少しだけ饒舌になり、セーラに色々と語りかけてくれるのだ。それが嬉しくて、一年で一番恐ろしいけれど、一番楽しみにしていた日でもあった。

「今日で十五歳になりましたね」

『聖女』の誕生日、ヒューイ神父がそうセーラに声をかける。

そして、続ける言葉はいつも同じだ。

「セーラ、聖女の役目を覚えていますね」

「はい」

十歳を過ぎた頃から、神父は誕生日になると聖女の役割を確認するようになった。

祝福を捧げることに疑いを感じてはならない。ためらってはならない。

何度もヒューイ神父は繰り返し、辛抱強くセーラに言い聞かせた。

幼い頃は恐ろしさで涙をこぼしていたが、今ではもう聖女の役割はセーラにしっかりと刻み込まれている。

「この国の安寧のために、祝福を捧げることです」

セーラが答えると、ヒューイ神父は口角に淡く微笑を乗せて深く頷いた。

ヒューイ神父の手がセーラの頭に置かれ、やわらかく何度も銀髪に触れて撫でる。年老いて筋張ったその手のぬくもりに、セーラはうっとりとした。

ヒューイ神父だけが教会でセーラの名を呼び、時に食事を共にし、聖女として恥ずかしくない教養を身に着けることができるよう指導もしてくれた。

敬虔(けいけん)なヒューイ神父は寡黙で誰に対しても一定の距離を置いている。もちろんセーラに対しても、だ。そのことはたまらなくセーラを寂しくさせたが、誕生日だけはその距離を少しだけ縮めてくれた。

誕生日には、ぎこちない手つきでセーラの頭を撫でてくれる。

セーラにとって何物にも代えがたい特別なご褒美、至福の時だった。

――あと、四回は神父様に頭を撫でてもらえる……。

大聖堂で迎えることになる二十歳の誕生日には無理だが、十九歳の誕生日まであと四回も機会がある。

セーラの心は幼子のように柔らかく、心を満たしてくれる親愛に飢えていた。『聖女の祝福』を捧げることに怯えながらも、飢えゆえに無意識に畏れを『誇り』と『喜び』へと変換させていく。

二十歳になったその時に、聖女としての役割をきちんと全うしよう。

セーラが恐ろしさを乗り越えて『祝福』を捧げれば、国の皆とヒューイ神父が健やかに幸せに暮らすことができるのだ。それが『聖女』としての誇りだ――誕生日を迎えるごとに、そう意識づけることができるようになっていた。


ガタンゴトンという振動でセーラは目を覚ました。

ずいぶんと懐かしい夢を見た。

――神父様は元気にしていらっしゃるだろうか。

だるい身体に、ぼんやりとした意識。

微熱があるのかもしれない。喉も掠れている気がする。

病気をしないよう怪我をしないよう気をつけて旅をして、あと一ヵ月で辺境に……とそこまで考えて、ホーネン男爵に触れられたおぞましさを思い出しセーラは飛び起きた。

身を守るように胸元を押さえて周囲を見回す。

「……え？　馬車？」

セーラは向かいにアーレストが座っていることに気づいた。彼の背後は馬車の壁が見えて、馬車の中であることをおぼろげながら把握する。

窓から外を見れば、すでに明るく、日はかなり高く昇っていた。

「目が覚めたか……」

アーレストの言葉に、セーラは動揺しながらも現状把握のために問いかける。

「あの……ホーネン男爵は……？」

「あそこには初めから一日の滞在という話だったから、貴女は寝ていたがそのまま出立した。あの男はどこかで怪我でもしたらしく、寝込んでいるそうだ」

怪我を負わせた本人がしれっとそんなことを言うが、死んではいなかったようなのでホッとする。下位とはいえ貴族を殺しはしないだろうが、そうしても不思議ではないほどにアーレストの剣幕（けんまく）は凄まじかったからだ。

「そうですか」

体調不良で旅程が遅れるのも恐ろしかったが、ホーネン男爵邸から少しでも早く離れたい気持ちが強く、アーレストの気遣いはありがたかった。

アーレストとしては、『聖女の祝福』を見届ける辺境伯として、旅程に遅れが出ないようにしただけだろうが。

ホッと胸を撫でおろして、はた、とセーラは己の服装に気がつく。

まったく見覚えのないドレスだ。昨晩、ホーネン男爵に破かれた寝衣とは当然違うが、昼間にいつもセーラが着ているドレスともまた違う。着ているだけでわかる。かなり上質なドレスだった。

淡い光沢のある水色のドレスの裾に黄色の糸で花の刺繍（ししゅう）が施されている。スカート部分には、シフォンの柔らかい布が腰のくびれた部分から裾まで被さり、ふわりと柔らかい雰囲気を醸し出していた。

聖女というよりは、どこかの貴族令嬢のようなドレスに、セーラは動揺する。

「あの……このドレスは……」

「私が用意したものだが、着替えさせたのはホーネン男爵のところの侍女だ」

侍女だったことに少しだけ安心するが、同時に昨夜の出来事を思い出して、それだけでカアッと顔から首筋まで赤くなった。ところどころ意識が朦朧として曖昧ではあったが、人に言うことも憚られるようなことをアーレストにしてもらった気がする。

「す、すみません……私……とんでもないことをあなたに……」

「薬のせいだ、問題ない」

アーレストが淡々とそう言った。

お礼を言いたいのに、セーラはアーレストの顔を正面からしっかりと見ることができない。よみがえってくる記憶の断片が、セーラを羞恥で搦めとる。

――まだ、覚えている……。

自分の身体があんなにも違う生き物のように思えたのは初めての経験だったが、それ以上にあのような感覚が自分の中に存在することに驚いた。

快楽、と一言で言ってしまえばそれまでだが、聖女として清廉潔白に生きてきたセーラにとっては、あまりにも生々しい記憶だ。

聖女の純潔の有無は、祝福の儀式には関係ない。純潔であろうがなかろうが、儀式は行えるからだ。

だが、ヒューイ神父はセーラが異性と関わるのをよしとはしなかった。

セーラとしてもヒューイ神父以外の男性に近づくことは苦手だったので、それでかまわなかったが、今、その理由の一端を知った気がした。

——これは……とても危険だ……。

ホーネン男爵に襲われたとき、あれほど感じた絶望が、アーレストのおかげで全部押し流されてしまった。

思い出してしまうと震えが止まらなくなるほどの恐怖は残っているが、アーレストに介抱してもらったことのほうが上回り強く焼きついている。

伏せた顔でチラリと向かいのアーレストの膝の辺りに目をやる。

アーレストの膝に置かれた手を見て、身体の芯がゾクリとした。

あの指先が触れた箇所を思い出す。熱からの解放とともに、甘美な快楽があった。

教会育ちゆえに性に関してぼんやりとした知識しかないが、あれは男女の営みに近いものではないだろうか。

あれは死と対極の行為だ。どこまでも生々しく、そして生きるという行為そのもの。

それともこんなにも強烈に覚えているのは、自分がはしたないからだろうか。

アーレストがそんな私をどう思ったか考えると、羞恥で胸が苦しくなる。

膝においた手を握ると、力を込めているので手が真っ白になった。

涙も出てきそうになり、ぎゅっと目を瞑ったときだった。

そんなセーラの頭にポンと温かいものが触れた。

それは、ヒューイ神父が誕生日のときだけ、特別に与えてくれる温かさだ。

「え……」

短く声を上げたが、自分に何が起こったのか理解できない。

大切なものに触れるように、セーラの髪をくしゃりと撫でてくれる温かく大きな手。

――うそ……。

手の温もりが心地よい。

一年に一度の楽しみだった特別なご褒美を、アーレストが与えてくれることにセーラは戸惑う。

今日は誕生日ではない、褒められるようなこともしていない。むしろはしたない自分を見せてしまった。恥ずかしくて消え入りたいくらいなのに。

なのになぜ――こんなにやさしく頭を撫でてくれるのだろう。

「熱もなさそうだな。アレはずいぶんと体力を奪うらしいから、しばらくは無理をしないように。気持ちが落ち着かないこともあるかも知れないが、それは薬のせいだ。……忘れていい」

セーラの羞恥を慮り、「忘れていい」と言ってくれるアーレストのやさしさに、目が潤むのを懸命に堪える。

忘れられるわけもない。忘れていいわけがない。

「……ありがとう、ございます……」

やっと声を出すことができた。か細い声だったが、アーレストの耳にちゃんと届いたようで、小さく頷き返してくれた。

いつまでも恥ずかしがっていては逆にアーレストに失礼だろう。セーラは気持ちを落ち着けて、静かに顔を上げた。

ふいに、アーレストがセーラに問いかける。

「貴女にとって、この国はまだ祝福を捧げる価値があるのか？」

ガタン、と大きく馬車が揺らいだ。

決して問い詰めるような声ではなく、ともすれば掠れて消えてしまいそうな声なのに、その言葉はセーラの胸を深く穿った。

——価値……？

アーレストは何を言うのだろう。セーラは大いに戸惑う。

聖女としての価値ならあるはずだ。銀の髪もその証拠となりえる。

だが、アーレストの言葉はそういう意味ではない。

セーラが国に価値を見い出しているか。

そんなことは考えもしなかったことなので、セーラは困惑する。

「価値と言われても……私には……わかりません」

「そうか？　貴女はこの旅の間、いや、それよりもずっと前から、見てきているはずだ。この国が貴女に何をしてきたか。何を貴女に強制してきたか」

「強制……」

自分は誰かに何かを強いられたのか。

頭の中をめまぐるしく色んなことが過っては消えていく。

ホーネン男爵には陵辱されそうになった。とても恐ろしく、おぞましい経験だった。

セーラは幸いにもアーレストに助けてもらえたが、先代聖女は救われることなく陵辱されてしまったのだろう。先代聖女のことを思うと、痛みと悲しみとともに湧く激しい怒りが心に満ちる。

国のために祝福を捧げる聖女を敬うでもなく労わるでもなく、暴力で穢し奪う人がいる。

聖女たちの存在価値を信じてもいないのに、聖女たちが国のためにすべてを捧げることを当たり前とする人々が住んでいる国。

豊穣が約束された農地があり、飢えることはない。風光明媚で季候も穏やか。災害もない幸せな国。

祝福を捧げる価値があるか否か——そんなことを考えることは許されなかった。

祝福を捧げることに疑いを感じてはならない。ためらってはならない。

聖女とはそういう存在でなければならない。そうあるように育てられた。

思わず縋るようにアーレストを見れば、紫の瞳が静かにセーラを見つめていた。

——私は国に、聖女であることを強制されているの？

導き出されたものは、あまりにも考えてはいけないことだ。ヒューイ神父から教えられてきたことにも反する。

セーラの中の何かがグラリと揺れた。

旅の間、何度か同じ質問をアーレストにされていた。

そのたびに、セーラは聖女として役目を果たすだけと答えてきた。それ以外に何があるのかわからない。

ずっとアーレストの質問の意味を摑みかねていたのだ。

けれど今、アーレストの問いは清らかな水にインクを垂らすかのごとく、セーラの心に消しようのない歪み（ひず）を生み出していた。

＊＊＊＊

馬車での旅は続き、一日一日と辺境に近づいていく。

ホーネン男爵邸の出来事で警戒することを覚えたセーラは、どんな高位の貴族からであろうとも招待に応じることはなかった。

神官と護衛兵たちは不平の声を上げたが、ホーネン男爵邸で深酒をしたあげく朝まで眠りこけていたことをアーレストに厳しく叱責され沈黙した。

彼らにしてみれば贅沢できないことは不満でしかないが、首が胴体から離れるよりはましという判断になったらしい。

おかげで彼らの不平不満にわずらわされることも減り、セーラは心安らかに旅することができていた。

しかし、辺境伯領に近づくにつれ、すさんだ空気を孕み始める。

宿を求めて立ち寄る町はどこも活気があるのに、得体の知れない薄暗さを感じる。その理由まではわからないが、それがセーラを不安にさせていた。

祝福の日まで、あと残り十二日となった日。

ひとつの町にたどり着くと、アーレストが抑揚のない声でセーラたちに告げた。

「ゆっくり休めるのはこの町までだ。ここから先は辺境伯領に入る。領内には十分な食べ物もなければ、休めるような宿もない。野営が主となるだろう」

神官と護衛兵たちがざわつく。

「辺境伯様、地図ではまだこの先もいくつかの村がありますが……」

神官がそう尋ねると、アーレストは淡々と答える。

「それは二十年前の話だ。今は、ほとんど廃村となっている」

「は？　廃村……!?」

神官が絶句するのも無理はない。

セーラはもちろん神官と護衛兵たちの中に辺境に行った者はおらず、現在の辺境を知っているのはアーレストとその従者のエスタトのみだ。

領主たるアーレストの言葉に偽りがあるはずもないが、豊かな国であることが当たり前の神官と護衛兵たちにとって、廃村とは信じがたい言葉だった。

「まあ、辺境伯領に入ればわかりますよ。ひとまず、この町でしっかりと備蓄の品を買い揃えてください。アーレスト様のおっしゃるとおり、領内には余裕はございませんので」

エスタトはそう言って、野宿に必要なものをつらつらと語る。

信じがたくはあるが何もないと言い切られてしまうと、豊かさに慣れている者たちの心に不安が芽生えていく。万が一にも不自由をしたくないと神官たちは言い出して、エスタトに連れられて買い出しに出かけた。

宿にはセーラとアーレストだけが残る。

セーラは宿の窓から町並みを眺めた。王都から離れると、だいぶ風景も変わってくる。洗練された都会から、のどかな田舎へという変化だが、大地の豊かさに変わりはない。

けれど、ここから先の町や村は貧しいとアーレストは言う。

「アーレスト、辺境伯領にはどうしてそんなに廃村が多いのですか？」

「あの領地だけが聖女の祝福の恩恵から一番遠いのだろうさ」

サラリと告げられた回答に、セーラは目を見開いた。

聖女が祝福を捧げる大聖堂がある土地ならば恩恵を一番授かりそうなものなのに、それはおかしくないだろうか？

アーレストはまるで声に出せないセーラの問いに答えるかのように、自嘲めいた笑みを浮かべた。

「まあ、行けばわかる」

アーレストはこれ以上その話題に触れたくなかったのか、話を切り替えてくる。

「少し町を見るか？」

「町、ですか？」

思いもよらぬ誘いの言葉に、セーラはアーレストを見上げた。

アーレストは町並みを見下ろしながら言う。

「ここは辺境に近いわりに活気がある町だ。辺境伯領に入ればこのような町も見られなくなるから、一度、見てもいいだろう」

なぜそんなことをアーレストが言い出したのかわからず、セーラはきょとんと小首を傾げた。

「見るだけでも楽しめるだろうが、神官たちに買い出しを頼んでいるとはいえ、足らぬものもあるかもしれぬ。それを買ってきてもいい」

「買い物……ですか」

セーラは自分で物を買うという経験がほとんどない。買わずとも必要最低限の物は教会で揃えてくれたからだ。

不安に青い瞳を揺らすと、アーレストは小さく微笑んだ。

「町へ出よう。せっかくだから、何か貴女が気に入ったものがあれば買うといい」

——私の気に入ったもの……。

そんなものひとつも持ったことはない。

「セーラ、物に固執をしてはいけない。何かを欲しがってもいけない。それは聖女がすることではない」

ヒューイ神父に言い聞かせられた言葉が過る。何かひとつでも隠したり自分のものにしたりすると、ヒューイ神父は厳しくセーラを叱った。

戸惑っていると、先にアーレストが立ち上がった。

「さあ、行こう」

セーラは町へ出てよいのかためらう。だが、せっかくアーレストが誘ってくれるのならばと思い、おずおずと彼と一緒に宿屋を出た。

アーレストと共に町を歩く。町は穏やかでゆったりとした空気ではあるが活気があり、至るところに露店が建ち並んでいる。

「ほかの国では、この町くらいの規模のものが多い。土地の広さに対してほどよい人口、適度な流通量。飽食している王都のようなことはない」

辺境の領地に近いこの町に何度か来たことがあるらしく、アーレストは慣れた様子でセーラを案内してくれる。

「露店の数は今までの町に比べれば多くはないが、生活用品の品揃えは悪くない。質は店によって違いはあるが、それを見比べるのも面白いはずだ」

露店を見て歩くと、確かに彼の言うとおり生活に必要な実用品が多い。王都を通り抜けるときに見かけた、金や銀を土台にした宝石を扱う宝飾店などほとんどない。木を土台に小さな宝石を使ったものが主力商品のようだ。

服を扱う店はあるが、やはり王都で売られていたような華美なものは見かけなかった。

歩きながら見ていく中で、セーラは髪飾りを売る露店の品に心惹かれ、足を止めた。

木工品が多い中、銀をベースに宝石をアクセントに使っている。

――これ、アーレストの瞳の色と同じ……。

セーラが心惹かれた簪（かんざし）には、濃い紫色の石がついていた。

「お目が高いですね。その簪は王都でも流行の品なんですよ」

「え……」

視線を向けただけなのに、行商人の男は簪をさっと手にしてセーラに向けて見せた。

「髪にこのように巻きつけて使うものです。ホラ、お嬢さんにとてもお似合いだ」

行商人はセーラの髪を一束手に取り器用に巻きつけると、右側頭あたりで団子状にする。

他人に触られる不快さを感じさせる時間も与えないほどに、手早く髪をまとめる行商人の手技にセーラは驚く。

「さあ、お嬢さん。いかがだい？」

行商人が鏡を取り出してセーラ自身に確認させた。

鏡には困惑した顔のセーラが映っている。銀色の髪につけられた銀細工の髪飾り。紫の石の周りを囲む銀の飾りがシャラシャラと音を立てる。

セーラにはそれが自分に似合っているのかどうかはわからない。ただ、髪につけても紫色の宝石がよく映えるとは思った。

だが、自分には過ぎた贅沢だ。

「えっと……その……私には必要、ありませんから……」

そう言って、簪を外して行商人の手に戻した。

一応、教会を旅立つときに、金貨を一枚、何かのときのためにと持たされている。それで購入もできるが、そこまでして簪を買う必要性は感じなかった。

罪悪感に押しつぶされそうになるからだ。

物に固執してはいけない――ヒューイ神父の言葉がぐるぐると頭の中を回る。

そんなセーラを不思議そうに見ていた行商人は、彼女の隣に立つアーレストに満面の笑みで問いかけた。

「愛しい人の瞳と同じ色をした髪飾りが欲しいだなんて、愛らしいじゃないか？　どうだい、あんた、健気（けなげ）なこの子に簪のひとつくらい奮発してもいいんじゃないかい？」

「い、愛しい人ではないです！」

セーラは大慌てで否定をするが、行商人は「頬を染めて初々しいねぇ」と言葉を重ねてくる。

「さては新婚旅行とかいうやつだね？　うらやましい！　この国の人間は王様から一般人まで、みんな裕福だ。少しぐらい旅の行商人におこぼれを恵んでくれてやってもいいんじゃないかね？」

まくし立てる行商人に、セーラは頬を染めて俯くしかない。

もうアーレストのほうを見ることができない。彼はどんな表情をしているだろう。

――アーレストの瞳の色だから心惹かれただけで、買ってもらおうと思ったわけじゃないのに……！

そう大きな声で言いたいが、言えるわけがない。アーレストを意識していると告白しているようなものだからだ。

「……銀糸の紐は売ってないのか？」

ふと、今まで黙っていたアーレストがそう行商人に問いかけた。

「ありますよ。こちらになります」

行商人が並べた銀色の糸を縒って作られた紐をいくつか見比べ、アーレストはセーラが気に入った簪と自ら選んだ紐を指差した。

「この紐とこの簪をもらおうか」

「毎度ありがとうございます！　紐はサービスしておきますよ！」

行商人が嬉しそうに声を上げる。

銀糸の紐がサービスされても、紫の石のついた簪は結構な値段だった。ためらう様子も見せず買うアーレストに、セーラは茫然とするしかない。

「セーラ、私に背を向けて」

わけがわからないものの言われるままに背を向けると、アーレストはセーラの銀髪を手櫛でやさしく梳いた。銀糸の紐で髪を括り、そこを基軸に髪を編み込みながらまとめて団子状にすると、そこに簪を刺した。

「兄さん、器用だねえ。お嬢さん、とっても可愛いですよ」

行商人はまた鏡をセーラの正面に向けて、簪で飾った姿を見せてくれる。

丁寧に編み込まれた髪に飾られる簪は、先ほどよりいっそう綺麗に見えた。セーラには濃い紫色の石が何よりも美しく見える。

「簪の細工はいいが、この石の色はセーラの銀髪には少し地味か……」

そんなことを言って、ほかの簪を選ぼうとするアーレストをセーラは慌てて止める。

「銀に紫ってとても合うと思います！　地味なんかじゃないです!!」

自分の髪にアーレストの瞳の色が添えられたことに胸が弾んだのに、紫色が地味だと言われるのは納得がいかなくて、思わずむきになって口を出してしまう。

この紫の石は美しい。宝石としての価値はセーラにはわからないが、アーレストの瞳のようにセーラの心を捉えて離さない。

なのに、銀髪に紫は地味だと言ってほかの物を探そうとするなど、まるでアーレストにセーラは釣り合わないと拒絶されたような気がして——。

——やだ、私、何をむきになっているの……！

セーラはハッと我に返る。こんなふうに感情を乱して声を荒げたことなど、ほとんどない。常に心静かにと教育されてきた。周囲の視線を感じて恥ずかしい。

そんなセーラをアーレストは興味深げに見ていた。

「ご、ごめんなさい。あの……」

「いや、かまわない。セーラでも怒ることもあるのだな」

アーレストはククと喉を震わせて笑う。

今まで見たこともないくだけた笑みに、セーラは心震わせた。

「お、怒ったわけではなくて――！　だって、この紫は本当に綺麗でっ……」

セーラが言い募れば言い募るほどに、アーレストは笑みを深めていく。

それが嬉しいような、喚き倒したいような、もう自分でも何が心をざわつかせているのかわからぬままに、言葉を重ねる。

「だからっ！　私はこの色が好きなんです！」

――好き？

自分で言ってから、その言葉の持つ意味の大きさに驚いた。

好きな色なんて今までなかった。与えられるものの色が何色であっても興味などなかったはずなのに、どうして今、この色にこだわってしまうのか。

しかし、アーレストは笑みを深めて、ポンと軽く、簪を避けながらセーラの頭を撫でてくれる。

「好きなものを選んだのなら、それでいい」

すぐに離れていった手の後、セーラはそっと自分の頭を手で触れた。

――好きなもの。撫でられた。

色んなことが一度に重なって、言葉が浮かんでこない。

こんな何でもないときに頭を撫でられてもいいのか。こんなふうに自分の好きなものというのはできていくのか。

キラキラと色んなものがセーラの中に降り積もっていく。

それはとても綺麗で尊くて、真っ白だった教会の中では見たことがなかったものだ。

「だったらさぁ、奥さん！」

ぼおっとしているセーラに、行商人が大きな声で口を挟んだ。

「お、奥さんじゃ――」

とんでもない呼びかけに、セーラはただちに否定せねばと思うが、行商人はセーラの言葉に被せて自分の店の品を推してくる。

「奥さんの瞳の色と同じ石がはまった腕輪を、旦那にプレゼントしたらどうだい？」

アーレストは呆れた顔をして行商人に「いや、結構だ」と断るが、セーラがその話を拾い上げる。

「腕輪を見せてください！」

「セーラ！」

アーレストの制止を振り切ると、セーラは行商人が並べた腕輪の前に座り込んで真剣に

吟味を始めた。

自分の物を買う気にはなれないが、アーレストに贈る物ならば話は別だ。

時間をかけて吟味して、セーラの目の色と同じ透き通った青色の石が組み込まれている紐細工の腕輪を選んだ。紐細工のため値段もそれほど高くなく、セーラのお金で買うことができた。

「相手の目と同じ色の石を持つと、二人はずっと一緒にいられるって話もあるからね」

行商人はおつりを渡しながら、アーレストには聞こえないように小さな声でそんなことをセーラに囁く。

ずっと一緒という言葉に、ぼっと火がつくようにセーラは顔を赤く染めた。だが同時に切ないくらい苦しく胸が痛くなる。

二人が一緒にいられる時間が残り少ないことに気づいたからだ。

少しだけ悲しい気持ちになったがすぐに振り払い、これはお礼なのだと何度も自分に言い聞かせるように心の中で呟いて、セーラは腕輪をアーレストに差し出した。

「アーレスト、簪のお礼にもなりませんがどうぞ」

断られるかと心配になったがアーレストは腕輪を受け取ると、セーラの目の前で自分の左手に着けてくれた。

「俺はこういうものを着ける習慣はないが、まあ邪魔になるものでもなさそうだ。……ありがとう」

普段は『私』と言っているアーレストが珍しく『俺』と言った。いつもよりずっと親しみやすい。

「私のほうこそ、ありがとうございます。簪、本当に嬉しいです」

相手の目と同じ色の石を持つと二人はずっと一緒にいられるという話があることを、アーレストは知らないに違いない。そうでなければ、いくらお礼の品でも、こんなにあっさりと身に着けてはくれないだろう。

「だいぶ暗くなってきたな……」

アーレストの呟き声にセーラはぴくりと肩を震わせた。

もう宿に帰ったほうがいいと、セーラも思っている。エスタトと神官たちも、そろそろ宿に戻ってきているはずだ。

わかっているのだが、寂しい気持ちが湧いてきて、セーラは口をつぐんでしまう。

「あともう少し見て回るか」

そう言うとアーレストはセーラに大きな手を差し出した。セーラは一瞬口を開けてポカンとアーレストを見上げてしまった。

セーラの戸惑いの表情に気づいたのだろう、アーレストは差し出した意味を説明してくれる。

「人が多くなってきた。手を繋いでおけば、はぐれずにすむ」

「――――!」

教会の二階の小窓から、いつも礼拝に来る人を眺めていた。親と手を繋いで歩く子ども、手を繋いで仲良く訪れる恋人や夫婦もいた。セーラにとってそれは幸せの象徴といえる行為で、いつもうらやましく思っていたのだ。

それが、自分に差し出されている。

本当にいいのだろうかと思いアーレストを見れば、早くしろと言いたげに大きな手を伸ばし、セーラの手を摑む。

初めて会ったときに交わした握手とは違う感覚。あのときは、アーレストの手を冷たいと感じた。今は温かく感じる。

誕生日に頭を撫でてくれるヒューイ神父の手が好きだった。

今もそれに変わりはないはずなのに、アーレストはそれらをすべて鮮やかな色で塗り替えていく。

――もう、あと十二日しかないのに……。

大聖堂は目の前だ。どうしてそんなときになって、今まで知らなかった色んなものが自分に降り注いでくるのか。その煌めくほどの僥倖に、胸が苦しくなる。

アーレストの手は節くれだって硬かったが、温かい。

――私、アーレストの手、好き、かも……。

いや、きっともう、好きだ。だってこの手はこんなにもセーラの願いを叶えてくれる。

彼の左手首に見える腕輪が嬉しい。

やさしいぬくもりにセーラは笑みをこぼして、そっとその手を握り返した。

＊＊＊＊

「いったい何をお考えなのだか」

宿の部屋に戻ってきた主人の上着を受け取りながら、エスタトは胡乱な表情で皮肉を口にする。

「アーレスト様が着けてらっしゃるその腕輪、ご自分でお買い求めになったわけではございませんよねぇ」

「もらった」

アーレストは事実を端的に言う。あえて、誰からであるかは言葉にしない。どうせこの男はその場で見ていたかのように知っているのだから。

エスタトは呆れたような顔で主人を見る。

「聖女様の髪を飾っていた簪、あれはアーレスト様が贈られたのですよね？　その腕輪もそうですが、あんな屑石のついたもの、よく購入する気になったものです」

行商人は善人そうな顔をしていたが、売っていた品はエスタトが指摘するとおり、屑石を使った安価なものだ。堂々と高値で売りつける根性にいっそ感心したほどだ。

アーレストはわかっていたが、あえて指摘しなかった。

文句を言ったところで意味はない。ああいった露店で質の悪い物を掴まされることがないよう、己の目を養うほかないのだ。もっと言うなら、交渉をして値下げさせるくらいできなければ、下町でなぞ暮らしていけない。

市井で暮らす人々の暗黙のルールのようなものだ。

だが、町娘のようにはしゃぐセーラは可愛らしく、無粋な真似をして水を差したくなかった。

それに行商人の台詞ではないが、簪ひとつくらい買ってやってもいいと思ったのだ。

石の色が地味だと言えば、懸命に紫色の美しさを語る姿が妙に可笑しく、そして紫がアーレストの瞳の色と同じであることにふと気づき、くすぐったい気持ちにもなった。

戯れに迷子にならないようにと手を差し出せば、不思議なものを見るようにきょとんとした表情をしていた。手を繋ぐとすぐにはわからないほど、世界から隔絶されて育てられたのだ。――アーレストの胸に〝憐憫〟という名の感情が湧く。

「最初、簪を買うのを彼女はためらった。『自分には必要ない』と行商人にずいぶんはっきりと突っぱねていた」

アーレストの言葉に、エスタトは痛ましい話を聞いたと顔を曇らせる。

「年頃の娘が簪ひとつも欲しがらないのですか……」

セーラに同道して、実感したことがある。

彼女は極端に欲がないのだ。

セーラが教会で育てられた十九年間、ただただ『聖女』として存在することだけを強いられてきたのだと、それでよくわかった。

食事も生命活動を維持するための必要最低限しかとらない。それが習慣になっている。小食という言葉では片づけられないほどに、食に執着がない。

味覚がないわけでもなかろうに、美味しいものをたくさん食べたいという感覚がないのだ。満腹になるまで食べたいという欲求もない。

食事もひとりで静かにとるものという認識しかなく、宿の食堂で食事をすることにずいぶんと戸惑っていた。

生来の気質でもともとあまり欲がないのだろうが、衣食住、人との関わり合いすべてに無欲であるように躾けられている。

セーラが『聖女』なのではない。セイクリッドという姓で縛り、この国がセーラを『聖女』として作り上げた。

よく言えば、従順で素直。悪く言えば、思考停止したお人形だ。

セーラは異質なまでに無垢だ。

彼女が唯一、頑なに主張したものは、アーレストの腕に着けた安っぽい腕輪を買うことのみ。

いつもそうだ、セーラは自分のことではなく、人のことばかり気に掛ける。

媚薬を飲まされたときとて、あんなに恥ずかしい思いをさせたというのに、彼女はアーレストを一切責めず、自分の浅ましさを恥じていたようだ。

セーラのどこに浅ましさがあろうか。彼女の心は、どこまでも清純で潔白だった。

「戯れもほどほどになさらないと身を滅ぼしますよ、アーレスト様——もしや、聖女様に惚れましたか？」

「ありえん」

エスタトの探るような問いに、即答する。そんなこと、あってはならない。

「それなら殺すということですね？」

わざとらしくエスタトが確認してくる。意地が悪い男だ。アーレストが内心、迷っているのをすべて見透かしてそう尋ねてくるのだ。

「それは辺境伯領に入ってから、だ――」

明確な答えをアーレストは示さなかったが、エスタトは心得ているのかそれ以上は何も言わなかった。

――殺すか。逃がすか。それとも、それ以外の道を探すか。

もし、セーラが辺境伯領で見るであろう事柄に心を揺らすことがあるならば。

もし、セーラが『聖女』であることをやめようとしてくれるなら。

もし――この手を取ることを望んでくれるなら――。

いくつもの「もし」を並べ立てる思考を振り払うように頭を振ると、アーレストは自分の左手に着けた腕輪に視線を落とす。

無理やりに聖女の役目からセーラを逃がすということもできなくはない。

だが『聖女』であることにセーラ自身が固執しているかぎり、彼女は務めを果たすためにあらゆる努力をするだろう。

本当は悩むまでもない。最初から決まっているのだ。

セーラが『聖女』であり続けるのであれば、祝福の日を迎える前にアーレストが殺すしかない。

なのに、どうしてか――。

左手の、たかが組紐で作られたはずの腕輪が、ひどく重く感じられた。

第六章

　辺境伯領内に入って感じたのは道の悪さだった。領内の道はほとんど舗装されていないのだと聞いた。馬車がガタガタと揺れることが多くなり、幸いなことに乗り物酔いをしないですんでいるが、少しお尻が痛くなっている。

　今までに通り過ぎた町に比べ、領内はずいぶんと荒廃した気配が漂っていた。寂れた様子は、まるで悪夢を見ているかのようだ。

「あと十日ほどで大聖堂のある私の邸宅に着く」

　揺れる馬車の中、向かいに座るアーレストにそう言われ、セーラは自分の心が凪いでいることを不思議に思った。

　――もうすぐこの旅も終わる……。

ずっと考えていた。辺境の地を踏むとき、自分はどんな思いでいるのだろうと。

旅の初めの頃は、どうして自分が聖女なのか不安と焦燥に駆られていたのに、今は多少の迷いはあれど、心はとても穏やかだ。

きっとアーレストがいてくれるおかげなのだと思う。

この旅の最後まで、アーレストと一緒にいられることは、たぶん、自分のささやかな人生の中でもっとも幸せで幸運なことではないのだろうかとさえ思ってしまう。

「窓を開けてもいいですか？」

「ああ」

アーレストの許可を取り、小窓を開ける。すると、むあっとした何とも言いがたい臭いが鼻先をかすめた。

「……？」

辺境伯領に入るまでは清々しい緑の香りが続いていたのに、ここではそんな臭いはまったくしない。広がる平原も緑色の草はほとんど見られず、剥き出しの灰色にくすんだ地面が見える。

「臭うか？」

どんよりとした雨の前のようなくすんだ臭いにセーラは首を傾げた。

「はい」

セーラが素直に答えると、アーレストは視線を外に向けた。

「あそこに廃村がある」

「廃村……」

アーレストが指差した先には、黒ずんで瓦解(がかい)した建物が建ち並ぶ廃村が見えた。

「これは、腐った木の臭いだ」

「住んでいた人たちはどこへ……？」

「村民全員、別領へ移った」

「それでは、辺境伯はどのようにお暮らしになって？」

ホーネン男爵のように商売で財を築く貴族もいるが、ほとんどの貴族は領民の納める税で暮らしている。土地が痩せて実り少なく、領民も減ってしまえば、税収入も減ってしまうということだ。それでは貴族の暮らしは成り立たない。

セーラの問いに、アーレストは冷笑する。

「毎年、国から、大聖堂の維持を名目にした金が支給される。『聖女の祝福』のために、国が投入している金は大きなものだ。領地経営などしなくてもその金があれば、辺境伯だけは遊んで暮らせる」

確かセーラの生活費も国費でまかなわれていると神父から聞いている。民の税で生活をしているのだから贅沢をしてはいけないと言われていた。

生活に必要なものは揃っていたため、セーラは不自由を感じたことはない。国からどれくらいのお金を支給されていたかは知らないが、生活に困らないだけの十分なお金をもらっていたのだろう。

外を見つめる紫の瞳が翳る。

「先代の辺境伯は……あの男は三百年続いた辺境伯領の蓄財までも、遊興で食い潰した。あの男が辺境伯領を継いで二十年。放置され続け荒れた土地だ。再生するまでにどれほどの時間がかかるか見当もつかない。……領民が逃げ出して当然だろうな」

「ここは……そんなに実りが、少ないのですか？」

「ああ。この領地だけが、昔から実りが少ない。どんなに手をかけても、他領のような豊作はありえない。そのせいか、ここを不浄の土地だという者もいる」

セーラはアーレストの言葉に衝撃を受けた。

この国は『聖女の祝福』によって豊穣が約束されているのではなかったのか。

「大聖堂のある辺境伯領なのになぜ……？」

「だから、だ」

「え？」

「聖女の祝福を捧げる土地だからこそ、不浄になるのだと、私は思っている」

セーラは目を見張る。

辺境伯領はこんなにも荒んで貧しい土地になっている。その理由が聖女の祝福を捧げるせいだからなんて考えたくなかった。信じたくなかった。

だが、一方でその理由にとても納得してしまうのだ。

聖女の祝福を捧げる土地だからこそ、不浄がまとわりつくのだと――。

「代々の辺境伯を『見届け役』などと、ずいぶんと綺麗な言い回しだろう？」

言葉を失うセーラに、アーレストは感情を消し去った顔で問いを重ねた。

「逃げたいと、思わないか？」

哀切の響きさえ混じるアーレストの声にセーラの心は大きく揺れてしまう。まるでその言葉は自分と同じように『見届け役』を引き継いでしまったアーレストの気持ちでもあるかのように感じられた。

セーラもアーレストも、この国からずいぶんと重い役割を与えられている。

それはなんて辛くて苦しくて、一切の救いのない役割なのだと、セーラは苦痛の表情を浮かべた。

「……わかりません」

数秒の沈黙を経てセーラがやっと口にすることができたのは、否定でも肯定でもない言葉だった。

聖女の役目に対する思いが、今揺らいでしまっていた。

「もし、貴女が望むなら……」

どこか希う(こいねが)ような声でアーレストが囁く。

しかし、その続きを聞くことはできなかった。宿泊先の村に到着したと報告するエスタトの声に遮られたからだ。

セーラは落ち着かない気持ちを抑えるように、両手でそっと胸を押さえた。


宿泊先の村は、三十人ほどの村人が住む村だった。

馬車の窓から見た廃村とあまり変わりのない村の状況に、セーラは顔を強ばらせた。

「こ、これは……」

神官たちも村の退廃(たいはい)した空気に怯んでいるようだった。

働き盛りの若者がいない。その上、次代を担う子どもたちの姿もほとんどない。この村にいるのは年寄りばかりだった。

やせ細った村民たちを見れば、食べ物が足りていないとすぐにわかる。

「ようこそおいでくださいました……辺境伯様……そして聖女様……」

足を引きずりながら近寄ってきた村長は、アーレストに恭しく頭を下げる。

「これは宿泊の費用だ」

「ありがとうございます……」

アーレストが村長の枯れ枝のような手に、金の入った袋を渡す。

布袋の中身が金貨なのか銀貨なのかはわからないが、ずっしりとした重みに村長の手が少し下がった。

宿泊費には過分な金額が入っているのは間違いないだろうが、村長に渡した金はアーレストの私費なので神官は何も言わない。

「ナナ」

「はい、村長さま」

村長の嗄（か）れた声で呼ばれたのは、小さな女の子だった。

年の頃は七歳くらいだろうか。

少女はセーラたちの前に現れるとぺこりと頭を下げた。

「お、おせわさせていただきます。ナナと申します」

一生懸命にその言葉を覚えたのだろう。舌足らずな声でたどたどしく言う少女に、セーラは微笑む。

そういえば町でこのような歓待を受けることは初めてだ。貧しいとはいえ、辺境ではまだ『聖女』に敬意を持ってくれていることを嬉しく思った。

「よろしくお願いします」

「ごあんないします！」

ナナに先導されて、村長宅を出ると村にある唯一の宿屋に案内された。

宿屋といっても、今は営業していないらしい。かろうじて二階建ての宿屋の二階に、セーラとアーレストの部屋が割り当てられる。

困窮（こんきゅう）している村にふかふかの布団を用意できるわけもなく、セーラのために用意したという部屋も、寝台にあったのは毛布一枚だけだった。それでも、野宿などしたことがないセーラは、部屋を用意してもらえたおかげで夜露に濡れずにすむことを感謝する。

「聖女様、お夕食です」

ナナがよろよろと運んできたのは麦を雑炊にしたものだった。

「ありがとう」

「からだをふくお湯もよういしてます。たべたあとにもってきます」

「全部、あなたが用意しているの？」

こんなに小さな女の子がひとりで用意しているのかと心配になって問いかけると、ナナは首を横に振る。

「わたしのおばあちゃんが、ご飯とお湯をよういしてくれてます。でも、おばあちゃんは足が悪いのでわたしが運んでます」

「そうなの……」

両親はいないのかもしれない。村の様子を思えれば、ナナに両親のことを聞くことなどできはしない。ナナがたどたどしくも精一杯セーラの世話をしようとしている姿は、健気でいじらしい。

麦雑炊は塩も少なく、ほとんど味はしなかった。

これでは、神官と護衛兵たちが不平を言い出しているのではないかと不安になったが、部屋の外から彼らの声は聞こえてこない。神官たちの部屋は一階だが、こぢんまりとした宿屋では彼らが騒ぎ立てればすぐに上にも聞こえてくるはずだ。辺境伯領に入る前に備蓄品は買い揃えていたので、そちらも食べているのだろう。

セーラにも干し肉と乾燥豆が渡されていたが、出された麦雑炊で十分足りている。

しばらくすると、ナナが小さなバケツにいっぱいの湯を持ってきてくれた。

「聖女様、お湯です」

「ありがとう。これ、よかったらあなたが食べてくれる？」

セーラは干し肉の入った袋を差し出した。今だけの施しではあったが、子どもには少しでも栄養あるものを食べてもらいたかった。

ナナは不思議そうに首を傾げて袋を受け取り、中身を確認した。

「ありがとうございます。おかあさんに食べてもらいます」

どうやら母親はいるらしいことに安堵する。村に女の姿を見なかったが、出迎えなかっただけでどこかにいるのだろう。

「もちろん、お母さんと一緒に食べてね」

するとナナは首を横に振った。

「すみません、わたしは、食べてはだめなんです」

「なぜ？」

「……かみさまのところへいくからです」

「え？」

「わたし、祝福をもらいにいくんです」

「祝福……？」

ドキリとした。聞き間違えかと思ったが、そうではなかった。

「はい。聖女様の祝福はこの国全部のものだけど、このあたりにはこないから、わたしがかみさまに祝福をもらいにいくんです」

ナナは遊びに行くような気軽さで言う。

ナナは祝福をもらうのであって、祝福を捧げるとは言わなかった。だから、セーラの役目と同じではないのかもしれない。けれど、何か不穏なものを感じる。

「それは……だれか大人と一緒にもらいに行くの？」

震える声で尋ねると、ナナは首を横に振る。

「途中まではおばあちゃんと行くんですけど、お山のてっぺんには一人でいくんです。そうすると、かみさまに祝福をもらえるんですって」

「ナナが……祝福をもらって帰ってくるのよね？」

セーラは自分の感じる不穏なものを消し去りたくて、念を押すようにナナに聞くと期待を裏切るように小さな首を横に振る。

「わたしはそのままかみさまのもとへ行くんです」

セーラは悲鳴を上げそうになった口を手で覆った。

――なぜなのっ⁉

拙(つたな)い子どもの言葉だがわかってしまう。

ナナは、生贄(いけにえ)だ――。

誰がそんなことを言い出したのか知らないが、子どもを生贄にすることで、神に豊かな暮らしを与えてもらおうとしているのだろう。

「わたし、となりの村で生まれたけど村がなくなって、この村のおばあちゃんのところに来たんです。でもこの村ももうこのままじゃ暮らしていけないってみんなが話してて……だから私、祝福をもらいにいくことにしたんです」

「ナナ、神様のもとへ行くことがどういうことか……わかっているの？」

セーラが真剣な顔で問いかけると、ナナも真剣な顔でコクリと頷いた。

「わたしのおかあさん、赤ちゃんが生まれたばかりで……。だけど、村にはご飯がたりなくて……おかあさんにたくさん食べてもらって赤ちゃんにいっぱいおっぱいをあげないと……」

「赤ちゃんが……」

ナナの母親は産褥(さんじょく)で出てこられなかったのだろう。納得はいったが、これほど荒れ果てた村ではきちんと子育てできるのか心配だ。

そしてそれはナナも同じなのだろう。たどたどしくも彼女は自分の決意を口にする。

「わたしがいけばこの村に祝福がもらえるんだって教えてもらいました。そうしたら、おかあさんも弟も、ご飯が食べられます。だから行くんです」

「そんな……そんなの駄目よ！」

セーラは我慢できずに勢いよく立ち上がる。ナナはセーラが何に対して声を荒げているのかわからず、きょとんと見上げていた。

セーラも立ち上がりはしたが、どうしていいかわからない。まずは村長に生贄などやめるように話すべきだろうか。

「ナナ……私を、おばあさまか村長さんのところへ連れて行って」

「え……？」

「お願い……！」

ナナは戸惑いつつも聖女の願いということで、頷いた。

しかし、部屋を出たところで足を止めざるをえなかった。隣の部屋の前に立つアーレストが廊下を塞ぎ、セーラが階下へ降りられないようにしていたからだ。その表情は厳しく、セーラとナナを見つめてくる。

安宿では、隣の部屋の声も筒抜けだったのだろう。それにセーラもいつもより声を張り上げていた自覚はあった。アーレストがその異変に気づかないわけがない。

「この辺りではよくあることだ」

さも当たり前のようにアーレストは言った。

「よくあることって……」

言葉に詰まるセーラとアーレストを見上げておろおろしているナナに、アーレストは穏やかな声で促し、そっと背中を押した。

「ここはもう良い。下がりなさい」

「は、はい！」

ナナは申し訳なさそうに、ぺこりと頭を下げて階下へ降りていった。

「ナナ……！」

「セーラ、聞き分けろ」

追いかけようとしたセーラの手をアーレストが掴む。セーラは、高ぶる感情のままに振り払うと、アーレストと向き合って叫ぶ。

「ご自分の領地でこんなことが行われているのに、見過ごすのですか⁉」

「ここはそういう土地だ。貧困が解決されない限り、繰り返される。貴女はすべて解決できる気か？」

アーレストの言葉はどこまでも冷え切っていた。

セーラも頭の片隅では、アーレストの言っている言葉の意味をわかってはいる。

けれど、あと数日でセーラが祝福を捧げる。きちんと役目を果たすから、あんな幼い子を神様に送り出したりしないでほしい。

「私がちゃんと祝福を捧げます。ここにも祝福の効果があるように祈ります。そう祈りながら、祝福を捧げます！　だから――」

「貴女は私の話を聞いていなかったのか？」

険しい声音でセーラの言葉をアーレストは断ち切る。

「聖女が祝福を捧げても、この土地が豊かになることはない」

「――っ」

足もとがピシリとひび割れたかのような気持ちに陥る。

ナナは言っていた、この辺りには聖女の祝福がこないと。

この辺境伯領で聖女が『祝福』を捧げるからこそ、この土地は『不浄』なのだ。実り少なく貧しい。三百年間ずっと変わることなく――。

セーラが祝福を捧げたあと、これまでのように辺境伯領にだけ祝福がなかったとしたら、今ナナを助けてもタイミングがズレるだけで同じことが起きるのかもしれない。

祝福を捧げた以降に起きることは、セーラにはどうやっても止めることができない。

自分の無力さに目の前が暗くなる。

「私たちも明朝出発するのだから、早く休みなさい」

そう言うアーレストに部屋へと促され、セーラは呆然と足を動かす。ただひたすらに、どうすればいいかそればかりを考えていた。

＊＊＊＊

まだ十歳にもならない頃——。

教会の手伝いに来た女が、蔑んだ声でセーラに言い放った。

『ふんっ……聖女様ってのはいいご身分だねえ。こんな綺麗な服を着て飯が食えて。けどね、お偉い公爵様が自分の娘を聖女に差し出したくないから、あんたをよその女に生ませたんだよ』

自分が聖女という役目を持っているのは、幼い頃からヒューイ神父に言い聞かされていたから知っていた。

だが、自分の父母のことや聖女に差し出された経緯までは知らなかった。

『あんたは聖女様って崇められていい気になってるかもしれないけどね、親に捨てられたんだ。いらない子なんだよっ！』

いらない子だから聖女にされたのだと思うと悲しくて悲しくて、涙さえ出なかった。

ああ、嫌な夢を見ている——そう自覚して、ふと美しい紫色の瞳をした男性が側にいることに気がついた。周囲は出立するときに馬車の窓から眺めた王都の町。幸せそうな人々が行き交っている。

「アーレスト……」

セーラの耳元でアーレストは静かに囁く。

「誰も聖女の祝福など信じていない」

その囁きに引き込まれるように周囲が暗くなる。あれほど賑やかだった王都の喧騒が、遠くにいってしまった。

まだ自分は夢の中なのだ。心臓がバクバクと激しく鳴る。

この夢は良くないものだ。怖い夢だとわかっている。

自分の周囲が真っ黒に染まっていく中、セーラは光を求めるように手を伸ばす。

「あっ……」

すると、その手に添うようにアーレストの手が伸びてくる。腕をなぞりながらセーラの指の先までたどり着くと、アーレストの大きな手がセーラの手を包み込む。

「貴女はこのまま『聖女』で在り続けるつもりか？」

ぞくりとするほど、低い艶めいた声だった。耳元で囁かれて、背筋が震える。

身体を包み込むように後ろから抱き締められた瞬間、甘い疼きが身体の芯に宿る。

「駄目……違う……」

なんて嫌な形で心の奥底にある願望を見せてくるのだろう。これは夢だとわかっているのに、この夢は嫌だと心が叫んでいるのに、夢はセーラの願望を、忘れていた欲望さえも思い出させる。

「あのときの快楽が忘れられないのだろう？」

アーレストの意地悪な、からかうような声に、セーラは首を強く横に振る。

足もとから這い上がる闇がセーラを覆い、黒く染めていく。染まった箇所は固くなり動かすことさえできない。

逃げてはならない、役目を果たさなければいけないと言いたげに。

周囲を様々な声が行き交う。

『聖女の祝福？　そんなものなくたって困りゃしねぇよ！』

『貴女の身体を余すところなく、私が舐めて差し上げますからね。私はね、二十年間、この日をとても楽しみにしていたのですよ！』

『お山のてっぺんには一人でいくんです。そうすると、聖女様でなくてもかみさまが祝福をくださるんですって』

聖女を否定する人。聖女を陵辱しようとする人。聖女の代わりに祝福を得ようとする子ども。

『祝福を捧げることに疑いを感じてはならない。ためらってはならない』

そう言い聞かされて育ってきた。そのヒューイ神父の言葉が、ただの言葉の羅列にしか感じられない。

『聖女』は本当に誰かを助けることができるの？

本当に、祝福を捧げることに意味があるの？

なぜ？　どうして？　と行き場のない疑問符が胸を埋め尽くす。

抗う力が出てこない。アーレストを道連れに、ずぶずぶと沈んでいく身体。

暗くなっていく視界――。


「っ……！」

バッと目を見開いて飛び起きた。

セーラは周囲を見回し、そこが宿の部屋だと気づいた。窓の外を見ると、まだ夜明け前だった。

身体中がじっとりと汗ばんでいた。寝起きとしては最悪な部類に入るだろう。

「なんであんな夢……」

ナナのことを考え続けていたからだろう。

助ける方法がわからない。それでも見過ごすことはできない。何かできることはないかと考え続けていたが、悪路での移動の疲れからいつのまにか眠り込んでしまったらしい。

アーレストと共に沈んでいく夢なんて、彼に申し訳ない。

——本当に、祝福を捧げることに意味があるの？

無意識に夢の内容を反芻していたセーラは、ぶるりと身体を震わせた。

大聖堂まであと少し。ここまで来て、こんなことを考えるようになるなど思いもしなかった。疑問の重苦しさに、セーラは呼吸が苦しくなるような気さえする。

まだ夜は明けていないが、あと一時間もすれば起床時間である。とても寝直す気分にもなれず、セーラは立ち上がり窓の外を見た。

宿屋の下にぽつりと小さな明かりがある。

老婆とナナが手を繋いで歩いていく姿があった。

――ナナ！

夜が明ける前に朝の支度を始めるのかもしれない。と思いかけて、そうではないとすぐに察する。ナナの着ている服が、昨日見た接ぎの当てられたものではなく、まるで大切などこかへ出向くための正装のような真っ白なワンピースだったからだ。

――生贄、だ。

まさか、今日だったとは思いもしなかった。

辺境伯と聖女が出立してからだろうと推測していた。だからひと晩、どうにかできないかと考え続けていたのだ。けれど村人たちの衰弱ぶりから、客人を送り出すまで待つという余裕はないのかもしれない。

セーラはマントを羽織ると、こっそりと目立たぬよう部屋を出る。

いつもであれば護衛兵たちの誰かが寝ずの番をしているが、この寂れた村では警戒しなくてはいけないようことは起きないと判断したのだろう。誰も廊下にいない。隣室のアーレストが察して起きてこないかだけが心配だったが、不思議なほどに静かだった。

セーラは誰もいない廊下をそっと通り抜け、音を立てないように気をつけながら宿屋の入り口から外へ出た。

ランプの明かりは、やや遠くに見えた。セーラはそれを頼りに二人の後を追う。

ナナと老婆は、村の外れから山へと向かい、枯れ草だらけの山間の道を登っていく。

獣道ではあったが、一本道だったので薄暗い夜明け前でも見失うことはなかった。

静まりかえった道を黙々と二人は会話もなく歩いているので、セーラも物音を立てないように気をつけて歩く。

それほど高い山でもなかったようで、すぐに頂上が見えてきた。

山道を歩き慣れていないセーラは、暗い道を、音を立てないように神経を使いながら歩いたために、もうかなり疲弊していた。

「さあ、ここでおとなしく待っていなさい」

老婆はしわがれた声でそう言うと、ナナを切り株に座らせた。

セーラは様子を窺いながら、できるだけ二人に近寄る。ちょうどよい木の陰を見つけることができ姿を隠した。ここまで追いかけてきたものの、どうするかを考えていない。何をするにしても、まずは息を整えようと必死に呼吸を落ち着かせる。

——いっそのこと、私たちと一緒に大聖堂まで連れていったらどうかしら?

その場しのぎでしかないが、ひとまずナナの命を救うことはできる。

大聖堂に着くまであと十日ほどある。その間にこの先ナナの面倒を見てくれる人を探してくれるよう、アーレストに頼んでみよう。結局、アーレストに頼ることしかできないのが情けないが、セーラ自身は十日後にはナナのことに責任を持つことはできないのだ。

けれど、村のためにと決意が固そうなナナと、ここまで孫を連れてきた老婆がセーラの言葉に耳を貸してくれるかがわからない。まずはナナだけでも説得してみようと考える。

「難儀なことをさせてしまって、ごめんな。……お母さんにはきちんと言っておくから」

ナナの頭を老婆は申し訳なさそうに撫でる。

「だいじょうぶだよ、おばあちゃん」

心配させないように笑みさえ浮かべて、ナナはそう答える。

「神様のお使いさんたちが迎えに来るからね」

ナナは静かに頷く。

――お使いさん……？

老婆の言葉にセーラは不穏なものを感じたが、ナナの表情に胸を衝かれ唇を噛む。

昨夜の子どもらしい無邪気さはなく、決意を秘めた悲壮さが滲み出ていた。老婆も言葉が出ないようで、もう一度ナナの頭をくしゃりと優しく撫でた。

何度も何度も振り返りながらナナから離れ、老婆は山を下りていった。

老婆の気配が十分に遠くにいったことを確認してから、セーラは岩の側で座り込むナナの元へとゆっくりと歩み寄った。

「ナナ……」

セーラが小さく声をかけると、ナナが顔を上げて大きく目を見開いた。

「聖女様、どうしてここに……?」

「あなたとおばあさんがここへ来るのが見えたから……あなたと話をしたくて」

「は、早く、帰ってください!」

ナナが慌てたようにセーラの身体を押してくる。

「ナナ、待っていても、神様のお使いさんなんて来ないわ……」

しかし、ナナの口から思いがけない言葉が出る。

「ちがうんです……! 『かみさまのお使いさん』なんて、ここにはきません!」

「え……?」

言っている意味がわからなかった。けれど、ナナは誰が来るのかわかっているような口ぶりで懸命にセーラに帰るよう促す。

どういう意味かとセーラが聞くよりも前に、背後から声がかかった。

「おやあ? 今回は二人なのか?」

バッとセーラが振り向くと、そこには五人ほどの柄の悪そうな男たちが立っていた。

「だ、誰ですか？」

セーラの誰何など無視して、男たちはげらげらと笑う。

「子どもと若い女か！　いいな、若い女は高く売れる！」

「ち、ちがいます！　この人はちがいます！」

ナナはセーラの前に立つと、セーラを守るように両手を広げて、首を横に振った。

「この方は聖女様なんです！　だからあなたたちが手を出してはいけない人です！」

「はっ、聖女？」

男の一人がランプを掲げて、セーラたちにズカズカと近づいてくる。そしてセーラの髪を照らしてニヤリと笑った。

「なるほど、銀色の髪。聖女かも知れねえなあ」

セーラはナナを抱き寄せると、男たちを睨みつける。

彼らが何者かわからなかったが、とてもまともな仕事をしている人間には見えない。

「だが、聖女だろうがなんだろうが、俺たちは売れればいいんだ。むしろ、聖女のほうが高く売れるかも知んねえな！」

「違いねえ！」

ゲハハハと品なく笑う男たちの言葉で、セーラは彼らが何者なのかを知った。

「人買い……？」

「おうよ。人買いだ！」

ナナは先ほど、『神様のお使いさん』は来ないと叫んでいた。そして、この男たちが何のために自分の前に現れたのかも知っていた様子だ。

――祝福をもらうって、人買いのことだったの!?

どこかへ生贄として捧げられるのだと思ったが、もっと現実的でもっと悪辣なことが行われていることに、セーラは絶望を覚える。

ナナは何もかも理解していて、「かみさまの祝福をもらう」と言っていたのだ。そして、祖母も村人もこんな小さい娘を売ったのだ。

「このあたりの村は、蓄えのために子どもを俺たちに売るんだよ。あんたもついでに売ってやらあ！」

男がセーラに手を伸ばす。ナナが幼いながらセーラを守ろうと男の前に立ち塞がった。

「だめです！　聖女様はやめてください！」

セーラとてナナに庇われたままではない。近くに落ちていた木の枝を持って、ナナを引き寄せて枝を振り回す。

「私たちに触らないで！」

「やめてください、やめて、やめて！」

ナナとセーラの声が重なるように上がると、男は不快げに怒鳴り上げた。

「うるせえ！　お前は生きてりゃいいんだ。黙らねえとボコボコにするぞ！」

男がナナを乱暴に振り払うと、体重が軽いナナは簡単に吹き飛んでしまう。

「ナナ！」

セーラがナナに駆け寄ろうとしたが、それより早く男がセーラの腕を摑んだ。ぎゅうっと力強く摑まれて、セーラは痛みに顔をしかめた。

「こりゃあ、上玉だ。いい匂いもする。本当に聖女かも知んねえぞ」

「かまうことあるか。聖女がなんだってんだ。ええと、あれだ、なんか儀式すんだろ？で、国が豊かになるんだっけか？　ばぁあか！　そんなのが本当にいたら、俺らは大金持ちだし、こんな子どもを売らなきゃ生きていけないような村があるわけねえだろ！」

「違いねえな！」

ギャハハハと男たちは笑う。セーラは必死に手を振り払おうとするが、男の力にびくともしない。

「どれ、どんな顔してんだ？」

男がセーラの髪を摑み引き寄せた。

「やっ……！」

ムアッと汁臭い饐えた臭いにセーラは顔をしかめた。

途端に、こんなときなのに男爵に陵辱されそうになったことを思い出す。身体があのときの恐怖を覚えていた。しかも男爵よりもずっと屈強な男だ。血の気が一瞬で引き、カタカタと歯の根が合わなくなった。

「やめて……！　やめてください！」

ナナのほうがずっと強い。青ざめて震えることしかできないセーラを守ろうと、必死に男の足もとに縋りつく。

「聖女様は本当に祝福を捧げられるんです。わたしなんかよりずっと大切な役目があるんです……！」

「確かに二束三文でしか売れねえお前とは違うな！」

男が足にまとわりついているナナを蹴飛ばした。幼い子どもに対する扱いではない。

やめてと叫びたいのに、セーラの口からはひゅっという息の音しか出ない。

セーラはあまりのことに身体を強ばらせていると、男が突如まさぐり始めた。

「ひっ……！」

身体が強ばり、固まる。頭の片隅に押しやった男爵の記憶が再びセーラに雪崩のようによみがえる。

「や……やめ……」

声が出ない。身体が動かない。

それをいいことに、男が汚らしい手をセーラの体中に這わせていく。

「ああ、ひさしぶりの女だ。たまんねえな。少し味見してえな」

「おいおい、商品の価値が落ちるだろうが」

「これだけ上玉なら、処女でなくても高く売れるだろう」

「うっ……」

嫌悪のあまり吐きそうになったセーラに対し、男が後ろ手にセーラを掴んで地面に押しつけた。背後からのしかかられる。

「おいおい、俺の一張羅にゲロなんてひっかけねえでくれよ」

「お前が臭ぇから吐くんじゃねえのか？」

「おいおい、聖女様ってのは国民全員にお優しいんじゃねえのかよ」

ゲラゲラと笑う男たち。セーラは何もできない自分が情けないし、悲しいし、そして悔しくなる。

「やめてくださいやめて！　やめて、やめて！　うわあああん！」

ナナの声がする。セーラにのしかかっている男に向かって、必死で叫びながら泣いている。ナナの泣き声に、セーラはますます自分の至らなさを痛感する。

「うるせえ、向こうでおとなしくしてろ！」

「ぎゃっ！」

男は子ども相手にさらに容赦なく蹴り飛ばしたようで、セーラの前方にナナが吹き飛ばされてた。

ぐったりとしたナナはピクリとも動かない。気を失ったのならまだマシだが、もし打ち所が悪かったらと思うと、セーラは気が気でない。

——助けなきゃ……！　助けなきゃいけないのに……！

こみ上げてくる胃液を飲み込んで、セーラは抵抗する。男たちからすれば、セーラの細腕の抵抗などくすぐられる程度でしかなく、セーラの必死な姿を男たちは嘲笑った。

「聖女様はぁ、今から俺たちにその身体を恵んでくださるんでしょうが」

「ああ、そりゃあ、ありがたくいただかねえとな！」

男たちはセーラが本当に『聖女』だなどと少しも信じてもいないのに、セーラを蔑み嬲るためだけに『聖女』と呼ぶ。

泣きたくないのにボロボロと涙がこぼれ落ちてくる。それを見て男たちは嬉しそうに笑った。

「あーあ、お可哀想に、泣いちゃって」

小さな子ども一人助けられない。聖女として祝福を捧げることさえもできないかもしれない。なんて無力なのか。

――アーレスト……！

心の中でアーレストの名を呼ぶ。男爵のときのように助けてもらえるとは思っていない。ただ彼の名を呼び、姿を思い浮かべるだけで、心を強く持てる気がした。

スカートの中に汚らしい手が入り込んでくるのを感じ、セーラは歯を食いしばって目を閉じる。

そのときだった。

「うわあ！」

背後で、男たちのうちの一人が声を上げ、地面に倒れた。

痛みに呻くような声に、ほかの男たちの手が止まる。

「なんだお前！」

「ぐわあ！」

もう一人、別の男も悲鳴を上げた。

「ぐはっ！」

セーラの上にのしかかっていた男の重みが消える。セーラは地面に突っ伏していたがすぐさま顔を上げて、男たちのほうを見た。

血だまりに倒れる男が二人。うち一人はセーラの上にのしかかっていた男だ。

しかし、男はビクリともせず、背中の真ん中にあるくぼみから赤い液体を噴出させ、シャツに染みを作っていた。呼吸はすでにない。

死んでいる男の前には、まるで影のような黒づくめの男が剣先から血を滴らせ、ユラリと殺気を立ち上らせていた。

――アーレスト……！

セーラは口元を押さえながら、声にならずに心の中で叫ぶ。

怖かった。自分の浅はかさを呪いもした。

どうして絶望に押し潰されそうになったときにこうして彼は現れるのだろうか。偶然なのか、それともそれだけセーラを守ろうと気をつけてくれているのか。

セーラにはアーレストの心中は図れないが、彼がいることによってどれほど自分が救われたのかだけはわかる。

「な、なんだ、コイツ！」

「くそっ、ふざけやがって！」

生き残った三人の男たちは、仲間をいきなり切り捨てたアーレストを威嚇する。そして、アーレストを三人で囲むと、ナイフを手に一気に襲いかかった。

三方から繰り出されるナイフを、アーレストはひらりひらりと躱していく。セーラには戦いのことは一切わからないが、アーレストと男たちの間にある力量差は歴然だった。

血の臭いが辺りに立ち込めてくるが、アーレストは返り血こそ浴びているものの怪我はしていないようで、その様子をセーラは固唾を呑んで見守る。

「ぐあっ！」

アーレストは闇雲に切りつけてくる男たちのナイフを躱しきると、バランスを崩した男の喉を剣先で一閃した。

「くそぉ！」

軽くあしらわれたあげく、さらに仲間を失った男たちは半ばやけくそ気味にアーレストに襲いかかる。しかし、アーレストはそれさえもひらりと躱し、勢いがつきすぎてつんのめった男の背中を剣で切り裂いた。

「ぎゃあっ！」

また一人倒され、最後のひとりとなった男は、いまさらながら力量差を思い知ったのか、慌てて命乞いをし始めた。

「ま、待ってくれ、頼むから命だけは助けてくれ。ほら、この女は返すからよ！」

男は腰を低くしてじりじりと後退し、少しずつ回り込んでセーラへと近づき手を伸ばそうとする。それよりも早くアーレストはセーラの手を掴むと、己の身体を盾にするようにして引き寄せ腕の中に抱き締める。アーレストはセーラの無事を優先するあまり、ほんの数秒、男に背中を向けてしまった。肉を刺す鈍い音がする。

「くっ！」

「アーレスト!?」

セーラを抱き締める腕に力が籠もる。驚いて見上げると、アーレストが苦しそうに顔をしかめていた。アーレストはセーラを抱き締めたまま、くるりと踵を返すと男に向かって剣を横薙ぎにした。

「ぎゃあああ！」

血しぶきをまき散らし断末魔を上げて男がドサリと倒れた。アーレストは、地面に倒れた男を鋭く睨みつける。そして、死んだことを確認すると、セーラを抱き締める腕の力を緩めてくれた。

「……っ」

剣を地面に突き立て、それを支えにするようにしてアーレストが片膝をついた。

セーラはすぐさまアーレストの背中を確かめる。マントの上から突き刺さっているナイフにセーラは小さく悲鳴を上げた。

「アーレスト……！　ごめんなさい……ごめんなさい……」

「……だ、大丈夫だ。それほど深くは刺さってないから、抜いてくれ」

「は、はい……」

セーラは震えながら、アーレストの背からナイフをどうにか抜くことができた。確かにマントや服が遮って深くは刺さっていなかったようだが、先端から滴る赤い血にセーラは青ざめる。

「……ナイフをこちらに……」

セーラが言われたとおりにナイフを渡すと、アーレストはナイフの刃を確認して小さく息をこぼした。

「毒は塗られていないようだな……」

アーレストの呟きにセーラは震え上がった。

もし即効性の毒が塗られていたら、かすり傷だろうと命を落とす可能性がある。

アーレストはそんなセーラを見て、剣を杖代わりに片膝をついたのがまるで嘘のように、すくっと立ち上がると、剣の血を拭って鞘に戻した。

「これくらい大した傷ではない」

　まるで怪我をすることは慣れきっていると言わんばかりの物言いに、セーラの心配は増していくばかりだ。だが、そんなセーラに気づかぬ顔をして、アーレストは叱責する。

「貴女がきちんと部屋にいないからこんなことになるのだ」

　きっと部屋にいないセーラに気づき、捜してくれたのだろう。アーレストが来てくれなかったらどうなったことかと思うと、考えるだに恐ろしい。ナナもセーラも無事ではいられなかったに違いない。

「ごめんなさ……――ナナ！」

　アーレストに謝ろうとしたときにナナのことを思い出し、セーラは慌てて端のほうで倒れている少女に駆け寄り、抱き起こした。

「ナナ！　ナナ！　ごめんなさい……ごめんなさい……！」

　自分が情けなくてたまらない。ナナを助けるためにここまで来たのに、危険に晒して、守るべき幼い子どもに守られる始末。あげくに蹴り飛ばされたナナをそのままにして、アーレストのことで頭がいっぱいになってしまっていた。

「ん……」

幸いナナは大きな怪我はなく、少し揺さぶると意識を取り戻した。

そしてセーラに抱かれていることに気づき、慌てて周囲を警戒するように見回しながら叫んだ。

「聖女様！　だいじょうぶですか？」

まっすぐなナナの気遣いが辛い。結局セーラは自己満足で、ナナに余計な心配をかけ、アーレストに怪我を負わせてしまったのだから。

ナナとアーレストに対し、申し訳なさでいっぱいになる。

「ごめんなさい……私……何もできなかった……」

アーレストは深くため息をつくと、セーラとナナに呼びかけた。

「村へ戻る。……お前もだ」

ナナは自分を買うはずだった男たちが死んでいることに慄き、途方に暮れた顔でアーレストを見上げた。

村に戻りたいけれど、買ってもらえなかった自分のせいで、母親と赤ちゃんがごはんをたくさん食べられない、どうしよう――そう思っていることがセーラにもわかる。

「どうしよう……わたし……このまま帰っても……」

「村のことは大丈夫だ。いいから一緒に戻りなさい」

「はい……」

おとなしく頷くナナに、セーラは何も言えなかった。

今、人買いに買われなくてすんでも、村に帰れば、この少女は家族のため村のために、誰かに買われていくことを選ぶに違いない。

ナナどころか、自分さえも救えない、そんな自分の無力さを恥じ入るしかなかった。


村に戻るとすっかり夜は明けていた。山の麓で、護衛兵たちが不安げにうろうろしていたが、セーラを連れて戻ってきたアーレストを見てほっとした表情を見せた。

心配はしていないかもしれないが、セーラの勝手な行動で、聖女を大聖堂に届ける任務を全うできないかもしれない不安を与えただろう。そう思い、謝罪を口にしようとすると、アーレストが手で制した。

「護衛がきちんとセーラの部屋の前で、寝ずの番をしていないから悪い。これは彼らの落ち度だ」

護衛兵は腹立たしげに何かを言いかけたが、アーレストが冷ややかに一瞥すると、すぐに黙り込んだ。

「おばあちゃん……！」

「ナナ……」

山から下りてきたナナを老婆は何とも言えない複雑な顔で出迎えた。それでも彼女は目に涙を浮かべて、ナナを抱き締めている。

セーラはその姿を見て、少しだけ安堵したがまた胸が痛くなった。

宿へ向かうと、エスタトが村人を村の中央にある広場に集めていた。

「この村は廃村の扱いになる。ただちにこの村を出て行くように」

辺境伯からの通達に村人たちはどよめく。今でさえ苦しいのに、村を追い出されてしまってはどうすればいいのか。

続いたエスタトの言葉に村人たちはさらにどよめいた。

「辺境伯様がそなたたちのために、隣の領主様に受け入れ許可をもらっている。受け入れ先までの地図はここに、移住許可証もここに揃えてある。糧食も少しだが用意した。これらと、村にあるそなたたちに必要な物はすべて持って出て行くように」

通達書を高く掲げて見せながら、エスタトが声を張り上げて村人に説明をしている。

セーラはその内容に驚いてアーレストを見ると、彼は疲労困憊といった顔色でぼそぼそと言った。昨日の夜、エスタトを隣領に遣いに出したのだという。

「この辺りで人買いに目をつけられた村は、最終的に売れそうな女子ども以外はすべて夜盗に皆殺しにされてしまう。そうなる前に村人たちを隣領に避難させることにした。あちらは土地が余っていて、作物の収穫に人手が足りない。そのため、この村人分の移住許可を取りつけることができた」

「ごめんなさい……私……」

「謝る必要はない。人買いがこんなに早く来ると想定しなかった私のミスだ。セーラがナナを追いかけていなければ、彼女だけ助けられない可能性があった」

アーレストの言葉にセーラは深く恥じ入る。

昨夜、アーレストに自分はなんて暴言を吐いたのだろう。

『ご自分の領地でこんなことが行われているのに、見過ごすのですか⁉』

よくもそんなことが言えたものだ。

アーレストは領主として何もしないわけでも、冷血なわけでもない。現状の自分ができる最大限のことをして、領民を守っているのだ。

「聖女様ー！　辺境伯様ー！」

呼び声に振り向けば、広場の中央に足の悪い祖母と赤子をおくるみに抱いた母親と並んで、ナナが満面の笑みで手を振っている。エスタトの説明を聞いて、自分たちが助かったこと、何処(いずこ)へか売り払われずにすんだことを喜んでいるのだろう。

ナナの母と祖母は、深々とアーレストとセーラに頭を下げた。

「ありがとー！　ありがとーございますー！」

片手では足りないとばかりに両手を大きく振りながら、ナナが大きな声で礼を言う。

ナナが無事に助かってよかったと心の底から思うのに、同時に何もできなかった自分の無力さを呪う。

——私にできることって、結局は……。

そして行き着くのは、生まれたときから染み込んできた教会からの教えだった。

夢で見た闇が、足もとから這い上がってくるような気がした。疑いを感じてはならない。役目を果たすことをためらってはならない。聖女とはそういうもの——だ、と。

ナナたちに釣られるように村人も頭を下げたり、小さな声で礼を伝えたりしてくる。皆がとても良い笑顔だ。セーラはそれにぎこちなく笑み返す。

すべては思慮深いアーレストとその従者がやったことだ。

——私は何もできなかった。

自分は何もできず、解決策さえ浮かばず、あげくの果てに人買いに攫われそうになって、アーレストに助けられている。

半歩先を歩くアーレストの背中には血の跡がついている。大したことはないとアーレストは言っていたが、本当にそうなのか心配でならない。

神官がチラチラとセーラとアーレストのほうを覗っているが、エスタトに指示されたのか護衛兵たちと共に、地図と移住許可証、そして糧食を村人に配っていた。

「アーレスト様と聖女様は、宿で出立のご準備をなさってください」

エスタトにそう促され、セーラは役立たずのままアーレストと宿に入った。

扉が閉じて、村の喧騒が少しだけ遮られる。

「アーレスト、怪我の手当だけでもさせて――」

せめて何かできないかとセーラが口を開いた瞬間、ふっと目の前の大きな背中が視界から消えた。アーレストが膝から頽（くずお）れたのだ。

「アーレスト！」

セーラは悲鳴混じりの声で名を叫んだ。

第七章

「アーレスト！」

床に片膝をついたアーレストの背中を見て、セーラは思わず声を上げて駆け寄った。

背に突きたてられたナイフを見ていたはずなのに、大丈夫だという彼の言葉を鵜呑(うの)みした自分に怒りを覚える。

「動けますか、アーレスト。支えますから、部屋まで頑張って歩いてください」

セーラはアーレストの右腕を自分の肩に回した。アーレスト自身が歩いてはくれたものの、彼の身体をほとんど引きずるようにして、近くの空き部屋に運ぶ。

どうにか寝台の縁に座らせると、彼は自力で俯せになった。

「今、薬がないか聞いてきます……！」

部屋を出ようとしたセーラを、アーレストが掠れた声で呼び止める。

「セーラ……。俺の荷物を、持ってきて、くれ……。医療品が入って、る」

「はい、わかりました！」

セーラは急いで昨夜アーレストが泊まった部屋まで駆けていくと、彼の荷物を抱えて戻った。

「持ってまいり――っ！」

セーラにしては勢い良く扉を開けて中に入った瞬間、目に飛び込んできたのは、苦悶に満ちた顔で服を脱いでいるアーレストの姿だった。男性の裸を見慣れていないせいもあって気恥ずかしさを覚えたが、アーレストの呻き声にすぐ冷静になり、セーラは荷物を置いて彼の服を脱がせる補助をする。

黒い服にべっとりと血がついている。これほど出血していたのに、セーラたちと山を下りてきたのだ。彼は決して、セーラとナナを急かしたりはせず、二人のペースに合わせて歩いてくれた。身体がふらつく様さえ見せなかった。何もかもが愚かな自分のせいでアーレストに負担をかけている。セーラは申し訳ない気持ちでいっぱいになる。

ゆっくりとアーレストの服を脱がせていくと、鍛えられた体軀が露になった。

そして、セーラは驚きに目を見張った。

セーラの日が奪われたのはその造形の美しさではなく、剝き出しの上半身を覆い尽くさんばかりについていている傷痕だった。

——酷い……。

今日負った傷も血がたらたらと垂れていて痛々しいが、すでに肉が隆起して塞がっている古傷も酷いものだった。

中には火傷らしき痕もあり、その夥しい数の傷にセーラは絶句する。

セントクルード国内で内乱や、他国との戦争があったという話は聞いたことがない。それともセーラが知らないだけで辺境では、こんな大きな傷を負うほどの内乱が何度もあったのだろうか。

「荷物の中に消毒薬があるから、それを出してくれるか?」

「は、はい……!」

アーレストの荷物をあけ、中から消毒薬の瓶を取り出す。ガーゼも一緒に入っており、アーレストの用心深さが覗えた。

「すみません……痛いかもしれませんが……」

セーラが消毒薬を染み込ませたガーゼをあてると、たちまちガーゼに血が滲んできた。

何度か消毒薬で血を拭ったが、血は止まりそうにない。

「黄色の缶の軟膏をガーゼに塗って、傷口にあててくれ」

「は、はい」

アーレストの指示通りセーラは傷口を手当てした。せめて今できた傷だけでも早く治ってほしいと願いを込めながら軟膏を塗りつけたガーゼをあてる。

「ごめんなさい……私のせいで……」

「これくらいの傷、慣れている。血が多めに出たが塞がれば問題はない」

アーレストに身体を起こしてもらって、仕上げの包帯を巻いていく。背中一面にあった古傷は身体の前面にも同じくらいあった。満身創痍の身体に、セーラはこらえきれず問いかけてしまう。

「この古傷はどうしたんですか……？」

アーレストはセーラの問いに皮肉げに歪めた笑みを口端に浮かべた。その嘲るような笑みは、誰に向けられたものなのか。少しの間を置いて、アーレストはポツリと口にした。

「……ほとんどは養父から受けたものだ」

「え――？」

「私はゲイザー辺境伯の実の息子ではない。あの男は子どもができない体質だったらしく、たまたまそのとき愛人だった女の息子を、養子として受け入れた。だが、受け入れただけで、生活の面倒も見ず、気が向けば女子どもを殴るクズだった。これはすべてあの男から受けた傷だ」

「そんな……」

まさか養父から受けた傷だとは思いもしなかった。セーラとてヒューイ神父が父親代わりではあったが、彼から暴力を受けたことは一度もない。だから余計に信じられない思いでその傷を見つめる。

体中に無数に残る傷からは、アーレストの過酷な半生が窺えた。

「何度領民たちがゲイザー辺境伯の傍若無人ぶりを国王に訴えても、この地に来るのは領民の暴動を抑える兵士だけだった。人も領土も疲弊するだけ疲弊して、あとは何もなくなった――」

アーレストの紫色の瞳の中には、何も映っていない。

ナナたちのいるこの村の現状を憂いてこれほど迅速に動ける人だ。そんな人が何もできずにただ衰退していく領土を見続けなければならなかったのは、どれほど辛かっただろうか。どれほどの無力感を彼は味わってきたのだろう。

聖女の祝福の恩恵を一身に受ける国の中で、唯一、恩恵を受けない土地。

領民を顧みず、養子を徒に嬲る義父。

「――ここは地獄だ」

アーレストの重い声がセーラの心臓を貫く。

「そしてこの地獄を作ったのは、貴女を聖女に仕立て上げた『セントクルード国』だ」

セーラを聖女として育てたのがセントクルード国ならば、辺境をこの現状へと導いたのもまた、セントクルード国なのだ。

アーレストの身体にある傷ひとつひとつが、彼の抱える激しい怒りを象徴しているようだ。怒りの奥底には、セントクルードに対するどうしようもなく昏く深い憎しみが見える。

「貴女ひとりが背負わされる運命は過酷すぎる。こんな国を豊かにして何になる？　誰が幸せになる？　貴女も、私も、幸せになどなれないのに、貴女は『聖女』である必要があるのか？」

矢継ぎ早の言葉は、そのどれもが今もなお血を噴き出したままの傷のようにセーラには思えた。旅の間、アーレストがセーラに問いかけてきた言葉に隠された意味をようやく理解できた気がした。

アーレストもまたセーラと同じように、自分自身へ問いかけていたのかも知れない。

『どうして、自分は辺境伯なのか』

『どうして、私は聖女なのか』

　生い立ちも生き方も何もかも違うのに、まるで鏡を見ているかのような錯覚にセーラは陥る。

「貴女は、逃げたいと思わないのか？」

　前にも同じことを聞かれたことを思い出す。

　そのときセーラはアーレストの気持ちを汲むことができなかった。アーレストが何を思ってセーラにそんなことを聞いてくるのかわからなかった。

　けれど、今ならわかる。

「貴女が逃げたいのなら、私は貴女をここから逃がしてやろう」

　苦しみから逃げられるのなら逃げたい。それはアーレストとて同じことだろう。

　――あなたともっと早く出会っていたかった。

　ヒューイ神父のもとで聖女として育てられるのではなく、辺境でアーレストと共に普通の子どもとして育ちたかった。そんなことは想像したところで叶うわけもない願いだ。それでも、想像してみたかった。

「アーレスト……」

　そっとセーラはアーレストの手を握る。そして儚げに微笑みかけた。

「私、子どもの頃、神父様に……養父に尋ねたことがあるんです。『私が聖女でなかったら、どうなりますか？』と」

アーレストは、セーラの言葉を一言でも聞き漏らすまいと意識を集中させる。

「神父様は様々なことを教えてくださいました。聖女でなかったら——公爵の娘として豪華なドレスを着て、美味しい料理を食べて、美しい貴族に見初められて結婚し、誰よりも幸せになれただろう——神父様の語る『もしも』は夢のような物語でした。私はその夢のような物語に夢中になりました。自分が公爵の娘として幸せに生きることを想像しました」

ヒューイ神父はセーラに想像することだけは禁じなかった。むしろ、さらに想像をかき立てるように様々な絵本を見せてくれた。

「またあるときは、私が町の娘だったらどんな暮らしだったかを教えてくれました。豪華なドレスは着られなくなるかもしれないけれど、自由がありました。やりたいことは何でもできて、好きな人と結婚できる。それもまた夢のように素敵な生活でした」

その日々を、今でもセーラはまざまざと思い出せる。ヒューイ神父がセーラのために時間をたくさん使ってくれるのは、セーラに『もしも話』をしてくれるときだけだった。

「そして、一ヵ月が過ぎた頃、神父様はおっしゃいました。『どの生活も幸せだっただろう？』と。私は頷きました。すると、神父様はこうおっしゃったんです」

セーラはひと呼吸分、瞼を閉じた。銀色のまつ毛が頬に淡い影を落とす。

『お前が聖女でなくなったら、そんなふうに幸せに生きている人たちが皆不幸になる』

淡々とした静かなセーラの声に、アーレストは息を呑んで目を見開いた。

セーラはあのときの衝撃を未だに忘れていない。それは彼女の柔らかかった心の、一番奥に刻み込まれた。

どの生活も幸せだった。それはセーラの想像でしかなかったけれど、この国に確かにいるほかの誰かの幸せで、その幸せの礎として聖女が必要なのだと、ヒューイ神父に教えられたのだ。

「そしてそのときに、『聖女の祝福』がどんなものなのかを知ったのです……」

セーラはギュッとアーレストの手を握り締める。

「アーレスト……もし、私があなたと一緒に暮らしたらどんな生活なのかしら。あなたはとても力が強いから、きっと農夫もできるし、兵士にもなれる。そして頭も良いから商人にもなれる。私はできることはあまりないけれど、繕いものならできるわ。ほかにも必要なことたくさん覚えたい。料理も作ってみたいと思っているの。ちょっと……いいえ、ずいぶんと足手まといになると思うけれど、あなたについていって色んなところに行ってみたい」

想像してみる。もし、この旅が聖女の旅でなかったならば。この前のように新婚夫婦に間違えられながら買い物をしたかもしれない。綺麗な景色を一緒に眺めたかもしれない。

毎日は彩りに溢れ、とても綺麗だっただろう。

「セーラ……！」

アーレストが何か言いかけようとしたのを止めて、セーラは問いかける。

「アーレストは食べ物で何が好き？」

そんな『もしも話』をしたいのではないと言いたげな顔をしながらも、アーレストはしぶしぶセーラの戯れ言に付き合う。

「ミルク粥だ……」

「私、一番最初に作り方を覚えるわ。アーレストが風邪を引いて寝込んだときは必ずそれを食べさせてあげるわね」

きっとアーレスト自身にも似た思い出があったのだろう。目を細めてどこか懐かしむような顔に、セーラはさらに笑みを深める。

「アーレストの好きな色は何？」

「特には……だが、しいて言うなら、青だ」

アーレストの言葉にセーラは微笑する。彼が青を選んだのがセーラの目の色だからという理由ならば嬉しい。

「セーラは……私と旅に出たら何を食べたい？」

アーレストからセーラに問いかけてくれる。セーラは嬉しくなって色々と考える。

「地域によってできる作物も違うんでしょう？　その地域特有のものが食べてみたい」

「嫌いなものだったらどうする？」

「そのときはアーレストが食べてくれる？」

「ハハッ、貴女という人は！」

アーレストが破顔した。そんなふうに彼が笑う顔を初めて見た気がする。

「アーレストって楽しそうに笑うのね」

「貴女もとても幸せそうな顔で微笑んでいる」

アーレストが顔を寄せてくる。ドキリとしたがセーラと握りあう手を間に挟み、セーラの額と己の額を合わせる。かなり近い距離だが、互いの手が間にあるので安心して額を合わせていられた。

「貴女は聖女でなかったのなら、そんなふうにずっと笑っているのだろうな」

「アーレストもきっと、たくさん笑っていますよ」

「そうか……それは」

「とても……」

——幸せな、夢だ。

セーラは合わせていた額を離す。アーレストはセーラが離れていくのを名残惜しそうに見ていた。握り合った手を境に、対面の鏡のように互いの顔をしっかりと見つめる。

「俺が身体を傷つけられていたとき、貴女はその心を傷つけられていたのだな」

「私が心を傷つけられていたとき、あなたはその身体を傷つけられていたのですね」

なんて遠くて、なんて近い存在なのだろう。そして、なんて愛しいのだろう。

こんなふうに……お互いを大切に思う二人が、この国にはたくさんいるのだろう。

ヒューイ神父は……父のような優しい人は、呪いのようにセーラにそんな想像の種を植えつけたのだ。自分が幸せだと思うことは、誰かの幸せであるという可能性を。

それを守るために、セーラは『聖女』でなくてはならない。

「逃げないのか？」

もう一度、アーレストが問いかけた。

「逃げないのですか？」

同じ言葉をアーレストに返した。アーレストはハッとして息を呑む。

——私と一緒に逃げてくれるとはおっしゃっていませんものね……。

アーレストにも逃げられない何かがあるのだ。

そんなところまで自分たちは似ているのかと思った。

「アーレスト様、セーラ様、そろそろ出立の支度をしていただけますか？」

エスタトがタイミング良くノックをしてきて、そう言った。空き部屋に二人がいることをどうしてわかったのか、本当にエスタトは不思議な存在だとセーラは思う。

セーラはそっと立ち上がる。手のぬくもりが離れるのが寂しい。

「アーレスト様は怪我をしています。不慣れな私の手当てでは不安です。エスタトも確認してください」

「かしこまりました」

恭しく頭を下げるエスタトの横をすり抜けてセーラは自分の部屋に戻っていく。

その軽やかな足取りを、少し不可思議に、否、興味深げにエスタトは眺めた後、パタンと扉を閉じてアーレストのいる部屋に入った。

＊＊＊＊

「村人たちは全員、隣の領地へと向かいました」

上着を着ようとしているアーレストに、仕事を終わらせたらしいエスタトがそう言った。

「そうか。……お前にも無理をさせたな」

昨夜、セーラに寝るよう促したあと、アーレストは一通の書状をしたためた。そして、それをエスタトに持たせ、隣領の領主へと届けさせたのだ。

ナナの話から推測して、この村が夜盗に襲われるのは時間の問題であったため、エスタトに隣領の領主の了承を確実に得て、すべての準備をすませるよう急がせた。

エスタトが有能な男であるとはいえ、一晩ですべてを用意するのはさすがに難しいと思っていたが、主人の要望に違うことなく整えてくれた。

隣領は人手が足りていない。隣領の領主の了承を得るのに多少時間はかかったとしても、村人の移住を断られる心配はあまりしていなかった。ただ、昨夜の段階では確約できる状況ではなかったため、セーラには何も説明をしなかった。

それが裏目に出てしまうとは——。

心優しいセーラがナナを心配し助けようとするだろうことは想定の範囲内だったが、まさか翌日、しかも日も昇りきらぬうちにナナが祖母と連れ立って山へ向かい、その後を一人で追うとは思いもしなかった。

セーラの不在に気づいたのは、ナナの祖母が山から戻ってきたときだった。老婆にナナをどこに連れていったのか脅す勢いで聞き出し、急いで後を追いかけて間に合うことができた。

忌々しいが人買いたちがナナとセーラを連れて移動する前に、彼女を強姦しようとしたために追いつくことができたのだ。

ホーネン男爵のときといい、あの娘は男の庇護欲と同時に嗜虐欲をそそるらしい。

「アーレスト様、お怪我の具合はいかがですか？」

心配そうにエスタトが問いかけてくる。主人だからということもあるだろうが、エスタトはアーレストが無理をすることをとても心配をする。

「血は多く出たが、大した怪我ではない」

「まあ、そうでしょうね。楽しそうにお話しされていましたしね。私めはアーレスト様が青色がお好きだなんて初めて知りました」

その言葉で、ほぼエスタトが話を聞いていたことを悟る。

ここで立ち聞きを咎めたとしても、細い目をさらに細くして「それが従者というものです」としれっと言うに違いない。

アーレストは軽くため息をつくと、エスタトに尋ねた。

「どう感じた？」

「洗脳かと――。あえて自分に置き換えさせてから、他者に転換させる。時間をかけた洗脳ほど解きにくいものはありません。よくもまぁ思いついたものです。感心いたします」

セーラの髪は艶やかで美しく、肌も透き通るように綺麗だ。身体には傷ひとつないだろう。虐げられてきたアーレストとはまったく違う。

だが、身体に傷がなくとも、セーラの心は傷だらけだ。

「彼女の自己犠牲精神まで作り上げるとは、なかなかできることではありません。身体は傷だらけでしたが、心は自由だったアーレスト様とは真逆ですね」

「そう……だな」

自分の過去を思い出すことは、苦痛ばかり伴うのであまりしたくないが、それでも今はしておいたほうがいいだろう。すっかりセーラに甘くなってしまった自分を叱咤するためにも、アーレストは己の中の過去を呼び覚ます。

「エスタト、辺境伯邸に戻った日のことを覚えているか？」

エスタトは細い目を鋭くして、アーレストの言葉に「はい」と答えた。

国王の軍によってすべてを失ったあの日からしばらくして、アーレストは再び辺境伯邸に戻ることができた。アーレストの乳母が、ゲイザー辺境伯の愛人となって屋敷に入ったからだ。アーレストは愛人となった乳母の息子として屋敷に入ることが許された。

それらをうまく手配してくれたのが、エスタトだ。先に辺境伯邸に入り込んでくれたおかげで、アーレストたちは怪しまれることなくゲイザーに近づけた。

だが、ゲイザーのもとで過ごした長い時間は、決していいものではなかった……。

最初のうちゲイザーは愛人の子どもに興味を示さなかったが、ある日、とんでもないことを言い出した。

『お前は今から鹿だ』

そう言い放ち、アーレストの上半身を無理やり裸にさせると森に放り出した。

そして、アーレストを鹿に見立て、猟犬を使って追い立てさせて、森で逃げ惑うアーレストを弓で射ったのだ。ゲイザーに鹿として射られたアーレストの背には深々と矢が突き刺さり、生死を彷徨うことになった。矢傷のせいで五日ほど高熱で苦しんだが、アーレストは死の淵から生還した。

乳母はアーレストが目を覚ますと、自分で作ったミルク粥をアーレストに食べさせてくれた。優しい味は彼女の人柄そのものだった。

そんな優しい女性だったにもかかわらず、目的のために、ゲイザーの寵(ちょう)を得たいと媚びを売る女を見事に演じきってくれた。

領民たちが苦しむのを、彼女はゲイザーと一緒に嘲笑った。あの優しい女性が自分の生まれ愛した領地の人々が苦しむ姿を、どんな思いで見ていたのか。

どれほどの心労が乳母を蝕んでいたのだろう。もはやアーレストには計り知ることはできないが、そのせいで彼女は儚くなってしまったともいえる。

アーレストは何があっても死ななかった。いや、死ぬわけにはいかなかった。

彼が生き延びることができたのは、ただひとえにその強い意志があったからこそだ。

やがて乳母が死んでしまうと、ゲイザーはなぜかアーレストを養子に迎えた。

「お前が、この、絶望しかない、くそったれな領土の辺境伯になるんだ」

濁った瞳で、そうアーレストに告げたゲイザーはすでに狂っていたのかも知れない。

どんな気まぐれか思惑かは知る由もないが、遠戚の子どもとして養子にしてもらえたことは、アーレストが目的を遂げるために機会を得たことを意味する。

ゲイザーは養子の躾と称して、アーレストを傷つけることに執着した。

『どうして俺が！　こんなところにいなきゃならないんだ！』

すべての鬱憤をはらすかのように鞭を振るう。いつしか躾という言い訳すらもなくなり、ただアーレストを痛めつけるためだけに鞭打った。

それはゲイザーの日課となり、アーレストの生きてきた日々は痛みとは切り離すことができない日々となった。

今もあのころのことを思い出すのは辛く苦しい。

「俺は父と母が殺されたあの日から、一時たりともこの憎しみを忘れてはいない……」

思い出してしまえば鞭打たれた傷が今でも痛むが、痛みと屈辱が憎しみを忘れさせない軛（くびき）になった。

ただ、ひたすらに、二十年後の復讐のためだけに生きることができた。

二十年も機会を待ったのだ。復讐をしないなどありえない。

なのに、頭の片隅でセーラがちらついて消えない。

――いっそのこと、逃げたいと泣いてくれたらよかったのに……。

初めてセーラが心の底から笑った顔を見た気がする。普通の年頃の娘のような、無垢で無邪気な笑顔だった。

まさかセーラに「逃げないのですか」と聞かれるとは思いもしなかったが。

アーレスト自身、気づかないところで逃げたいと思う心の弱さがあったのだろうか。いや、そんな気持ちはまったくなかったはずだ。

アーレストはセーラが聖女である限り、殺さなければならない。

聖女が大聖堂で、決められた日に祝福を捧げなければ、間違いなくこの国は滅びる。

それは、この辺境で大聖堂を守り続けてきたクアントロー辺境伯家の嫡男だからこそ知ることだ。

だから、大聖堂にたどり着く前に当代の聖女を殺してしまえばいいと思っていたのだ。

なのに、どうしてもそうできなかった。

主人の迷いを感じ取ったエスタトは、ひそめた声で言う。

「隣国へ亡命させることもできますよ」

しかし、アーレストは首を横に振る。

「セーラにその意志がなければ、逃がしたところで意味はない」

一瞬、逃避行を夢想した。セーラが語った『もしも話』のように、互いに手を取り合って別の国に行けたらどれほどいいだろう。

けれど、お互いにそれはできないのだとわかっている。

アーレストには復讐が。

セーラには聖女としての献身が。

悲しいくらいに己の身体に染みついている。逃れることは決してできない。

「このまま殺すのが一番いい……」

大聖堂までの距離は一日、一日と縮まってきている。

セーラが聖女で在り続けるのであれば、大聖堂で祝福を捧げる日よりも前に、アーレストは聖女を殺す。

そうすることで、この国を滅ぼすことができるからだ。みんなみんな、滅びてしまえばいい。なくなってしまえばいい。辺境を蹂躙した国王も、何も知らずにのうのうと生きている国民も。そうすることによって、泥沼を這いずり回るような二十年が報われる。

それなのに――。

――どうしてためらうのか。

殺すと決めているのに、あの綺麗な少女を血で染めたくはないという気持ちが沸き起こってくる。

彼女の首に剣を一閃すれば簡単に死ぬ。

とても簡単なことなのに。

なまじ聖女の背景を知ってしまったせいで、その簡単なことが今できなくなってしまっている。

いや、できないのではない。やるのだ。

父と母、そして自分のために命を懸けた者たちのことを思えば、この国を滅ぼさずにいられはしない。

だが、そこまで思っておきながら、エスタトにナナたちの保護を指示している自分が矛盾を孕んでしまったこともアーレストにはわかっていた。どうせ滅ぼすはずなのに、苦しんでいる領民たちを放っておけなかったのは、セーラに感化されたからだと、セーラのせいにしていることさえ、エスタトは見抜いているだろう。

「アーレスト様。どのような道をお選びになっても、私は貴方様のご意志に従います」

エスタトが跪き、主人に誓いを立てる。エスタトは表情の読みにくい細い目でアーレストを見上げた。細い目の奥に底知れぬ光を見た気がして、アーレストは大きく頭を振ると、自分に言い聞かせるように強く言い放った。

「俺は必ず、この国を滅ぼす」

第八章

ナナたちの住む村を出た後は、ほかの村を見かけることはほとんどなかった。

ただ荒涼とした土地が広がり、捨てられた家々は朽ち果てたまま晒されている。大地に生えているのはくすんだ色の低い草ばかり。見捨てられた不毛の土地だというのがよくわかる。

生き物の気配さえもない。

大聖堂に近づくにつれ、神官たちの表情も曇りがちになっていった。

彼らもこれほど人のいない土地を見ることは初めてだったのだろう。セーラとて初めてだ。本当にこの先に人の住む場所があるのだろうかとさえ思えてくる。

だが、この荒れ果てた土地でアーレストは育ったのだ。

馬車の向かいに座るアーレストは、腕組みをして目を閉じている。

人買いに負わされた傷の具合をエスタトに確認すると、順調に回復していると言われたが、今、目を閉じているアーレストの顔色はお世辞にも良いとは言えない。自分勝手に行動した結果、アーレストに怪我を負わせたことをセーラは未だに悔いていた。

もし聖女の祝福で実りを与える場所が選べるのなら、この土地こそどこよりも実り多い土地になるよう願うだろう。

しかし、歴代の聖女が儀式を行った土地だ。その誰一人としてこの土地に祝福を与えられなかったのであれば、自分にもそれは無理だろうとも思う。

それでも外の景色が惨すぎて、せめてひと欠片の祝福でもと願わずにはいられない。

ぎゅっと膝の上で己の両拳を握り締めたときだった。

「大聖堂に、聖火があるのを知っているか？」

目を閉じて寝ていると思っていたアーレストが、そんなことを口にした。

「聖火、ですか？」

セーラは目を瞬いてアーレストを見た。彼の紫色の瞳が思慮深げにこちらを見てくる。

自分の住んでいた教会を思い出してみたが、聖火というものはなかった。燭台ならあったが、それとは違うのだろうか。

　ヒューイ神父からそのような聖火があるとは聞いていなかった。セーラは儀式の手順などの詳細は知らない。ヒューイ神父も「神官や辺境伯に任せなさい」としか言わなかったからだ。

「祝福の儀式に……その聖火が必要なのですか？」

　不安になり問いかけると、アーレストは小さくため息を漏らした。セーラは何も知らないのはまずいのかと思い、動揺しながら言葉を続ける。

「あ、あの……教えていただけるのであれば、儀式までには間に合わせますので……」

「いや、貴女が今、何かする必要はないから大丈夫だ」

　アーレストが言葉を被せてきたので、セーラは口を閉じた。するとアーレストは聖火について簡単に説明してくれる。

「大聖堂の聖火は、三百年間、ずっと燃え続ける聖なる火と言われている。大きさはこの馬車二台分はある」

「そんなに大きいのですか……」

　自分が想像していたものよりずっと大きくて、そして三百年という長い期間、消えていないことに驚いた。確かにそれほど大きな火が三百年も燃え続けていれば、聖なる火と言われてもおかしくはない。だが、そんなに大きな聖火ならば大聖堂にあると皆が知っていそうなものなのに、誰からもそんな話を聞いたことはなかった。

「三百年も燃え続けているなんて神秘的ですね……」

「大聖堂の地下に油田があり、そこから噴き出すガスに引火しているだけだ」

アーレストは科学的根拠もきちんと話してくれる。

しかし、どこかその表情は曇りがちだ。

——なんだろう……？

何か言うのをためらっているような、そんな雰囲気にセーラは困惑した。

アーレストは寡黙で言葉数少ないほうだが、いつもであればこんな歯切れの悪い話し方はしない。

馬車がガタゴトと足場の悪い道を通り始めたらしく、小刻みに揺れる。

アーレストが痛みを堪えるように無言で目を伏せたため、聖火に関する話はそこで終わりになってしまった。話が中途半端で、セーラは落ち着かない気持ちになってしまう。

——その聖火が祝福の儀式と関係するってことなのかしら？

それだけ大きな火が燃え続けているのだ。神聖なものとして扱われているはずだが、何をアーレストが言い渋っているのかまではわからない。

「アーレスト様、あと一刻ほどで辺境伯邸に到着となります」

馬車の後方を馬に騎乗してついてきているエスタトの声が聞こえた。

セーラの肩がビクリと動いた。

──ああ、いよいよ大聖堂が……。

まだ誕生日までは二日ある。かなりギリギリな旅程になってしまったが、間に合ったことにホッとした。同時にあと二日しかないことが怖かった。

アーレストはエスタトの言葉にグッと眉間の皺を深くすると、怜悧な紫色の瞳をセーラに向けた。そして、先ほどの続きを話し始めた。

「聖火には、二十年に一度、一日だけ『奇跡』が起こる」

「奇跡、ですか……?」

「普段は赤い焔の聖火が、青紫色の焔に変わる」

「青紫に……」

アーレストの紫色の瞳がくゆるように揺らめいた。赤い焔が、この瞳のように紫に近い色に変わるというのであれば、それはどれほど神秘的で、そしてどれほど奇跡的なことだろうか。

しかも、二十年に一度という、セーラ自身を縛る区切りに心当たりがありすぎた。

「その二十年に一度という日は……」

「貴女の二十歳の誕生日だ」

今度こそセーラは驚愕した。心臓が止まりそうになるほどの痛みを覚えて、胸に手をあてて目を一度閉じてしまう。

──ああ……確かにそれは奇跡めいているわ……。

セーラの二十歳の誕生日──それは『聖女の祝福』を捧げる日だ。

先代の聖女が死んだ日をわざわざ誕生日に変えるのだから、そこに何かしらの理由があるとは思ったが、まさか聖火が色を変える日に合わせているとは思いもしなかった。

しかし、それならば聖火は儀式にかなり重要な関わりを持っているのではないか。まったく自分が知らなかったことにセーラは疑問を覚える。

どうしてヒューイ神父はそのことについて触れなかったのだろうか。

セーラが考えていると、アーレストが再びセーラに問いかける。

「……大聖堂へ着いてからの支度の手順は知っているか？」

「いいえ。神父様には辺境伯様に従うようにとだけ言われております」

アーレストはセーラの返答を聞くと、「だろうな」と小さく呟いた。セーラの言葉に予想がついていたらしかった。紫色の瞳は冴え冴えとしていたが、その表情は険しい。はっきりと怒りの色を帯びていることに、ますますセーラは不安になっていく。

アーレストは言う。

「私は心底、貴女を育てた神父に怒りを覚える」

そこまでなのか。セーラが聖火について知らなかったことは、そこまでアーレストが怒りを覚えるほどまずいことなのか。

セーラは焦りながらアーレストに謝罪した。

「す、すみません……私、大聖堂に行って祝福を捧げればいいとしか言われていなかったからって不勉強で――」

「セーラ……！」

セーラが声を震わせながら謝るのを、アーレストが彼女の名を呼んで止めた。

先ほど、ヒューイ神父への怒りを露にしたときとは打って変わって、整った顔立ちを歪めることなく、一切の表情を消して、ゆっくりとセーラに告げる。

彼がどうして怒りを露にしたのか――。

「聖女の祝福は――聖火に捧げる」

アーレストの思いもよらぬ説明に、セーラは一瞬、理解が遅れる。しかし、ゆっくりと彼の言葉を噛み砕いていくと、その意味を理解できた。

――聖火に、祝福を捧げる……？

どくんどくん、と嫌な音で胸が鳴る。

アーレストが言っていたことを反芻する。

馬車二台ほどの大きな聖火。ずっと三百年間、燃え続けている聖火。

その聖火に、聖女の祝福を捧げるということは、つまり――。

――そんな捧げ方だったなんて……。

祝福を捧げること自体が怖いことだと思っていたから、それがどんな方法かまではセーラは考えたことがなかった。ただ、怖くないように、痛くないように、早く終わってくれればと思っていた。

だが、アーレストの言ったことが正しい祝福の捧げ方であるとするならば、それはなんと残酷で惨い捧げ方なのだろうか、とセーラは思う。

――どうして神父様はそのことを教えてくださらなかったの？

そう思ったが、すぐに、いいや、だから言わなかったのだと考える。

「きっと、貴女が逃げるのを防ぐために、曖昧にしたのだろう」

アーレストも同じことを考えたらしく、ダンッと椅子を強く叩いた。堪えきれなかった怒りをそこに逃がしたのがわかったが、セーラは知らされた事実があまりにも衝撃的すぎて、心の整理が追いつかない。

心臓はずっと早鐘を打ったままだ。

——聖火に祝福を捧げる……。

あまりのことに言葉は何ひとつ出てこない。顔を伏せて両手で覆うと、暑くもないのにじっとりと自分の額が汗ばんでいることに気づいた。目前に座るアーレストも何も言わない。ただ、黙ってはいても、こちらに視線が向いているのは気配でわかった。

今まで通り、『聖女』なのだから、と割り切ればいいだけなのに、知ってしまった真実があまりにも重くセーラにのしかかる。

——今までの……歴代の聖女も皆……。

聖女は皆、聖火に祝福を捧げた。

その事実が、どうしようもなくセーラを追い詰める。額は汗ばんでいるのに、指先はとても冷たく小刻みに身体が震える。

辺境伯の屋敷までの道のりが、一瞬にも永遠にも思えた。

やがて、馬車が速度を落とし、そして停まる。

「アーレスト様、聖女様。辺境伯邸に着きました」

エスタトの無情な声が外から聞こえた。

——とうとう着いてしまった。

セーラはすべてを見透かすようなアーレストの視線を受け止める勇気がなくて、顔を伏せたままだった。

馬車の扉が開くと先にアーレストが降り、セーラに手を差し出す。初めて明かされたことに茫然としていたが、セーラはその手に支えられてなんとか馬車を降りる。

見上げると大きな屋敷があったが、その壁は灰色にくすんでいた。空の色もどことなく雲が多くくすんで見えた。

ふと、アーレストが、預けていたセーラの手をぎゅっと握り締めた。

ハッとして見上げると、アーレストは優しい顔でセーラを見下ろしている。

「ようこそ、辺境伯邸へ。中を案内しよう」

「よろしくお願いします……」

アーレストは辺境伯邸を案内してくれる。屋敷には執事と数人のメイドがいたが、この大きな屋敷を管理するにはあまりにも少ない人数だ。

「おかえりなさいませ」

彼らの出迎えを受け、アーレストは執事に神官たちを部屋に案内するように頼むと、そのままセーラを二階に連れて行く。

「ここが私の執務室だ」

屋敷の一番奥の部屋に入ると、執務机の背後に大きな窓が見えた。そしてその窓の向こうに一際荘厳で真っ白な建物が見えた。

セーラはビクリと震え、その場で固まってしまう。

言われずとも、その建物が何なのか悟った。まだ見ぬ大聖堂の聖火が、透けて見えるような錯覚さえ覚えた。

「そうだ、あれが大聖堂だ」

セーラが考えていることがわかったらしく、そう言ったアーレストの言葉に、セーラは小さく頷いてから、ゆっくりと一歩ずつ窓のほうへと近づいた。ともすれば止まりそうな足を心の中で叱責し、必死に動かす。そうしないと気を失ってしまいそうだったからだ。

真っ白な壁の美しい聖堂には、綺麗なステンドグラスがはめ込まれている。中の様子はわからなかったが、あの中で聖女の訪れを待ちながら聖火が燃え盛っているのだろう。

――聖女の祝福は聖火に捧げる。

アーレストがそっとセーラの肩に手を置いた。

「震えている」

自分では気がつかなかったが、小刻みに震えていたのだと彼の言葉で知った。

そして、こんなときだからこそ、あえてアーレストは言うのだ。

「逃がしてやろうか？」

この前とまったく変わらない言葉を、今はとても強く受け止めていた。

——ああ、私はまだ、その言葉をしっかりと理解していなかったんだ……。

ナナの村で言われたとき、自分には聖女としての使命がある、献身がある、誰かの幸せを守らなければならないという心がある……そう思っていた。

迷いなく『聖女』であることを選んでいたのに、アーレストはわざわざ馬車の中で、セーラに本当のことを告げてしまった。

——ひどい人……。

いや、ひどい人ではない。優しい人だ。

セーラが知らされていなかったことを、とても怒ってくれた。この儀式は『きれいごと』ですまないことを、きちんとセーラに告げてくれたのだから、彼はやさしいのだ。

セーラは歯の根が合わないほど震えており、アーレストはそんなセーラを見て、苦しそうに表情を歪めた。

「逃げてくれないか……？」

切望するような声でアーレストが言った。それは彼の心からの願いのように思えた。

アーレストとて『見届け役』などやりたくないのだろう。それはわかる。わかるけれど、言葉にならない。できない。

「私、知らなかったの……」

ぽつり、と乾いた地面に初めて落ちる雨粒のように、小さな声をセーラはこぼした。

「聖女の祝福が、こんなに惨いことだなんて、知らなかったの……」

青白い顔をしてアーレストを見上げたセーラを、堪えきれないと言わんばかりにアーレストが抱き締めた。

「当然だ。こんなことを知っていて、それでも平然としていられるわけがない」

セーラのすべてを肯定してくれる彼の言葉が優しい。

セーラの瞳から、堪えきれずに涙がこぼれた。

――怖い……。

心の底から、今、『聖女の祝福』を捧げることを怖いと思ってしまった。

アーレストの背に手を回して、しがみつくようにセーラは抱きついた。このままずっとアーレストといたかった。

――逃げたい。

声として洩れそうになった言葉は、すんでのところで堪えた。どうして堪えられたのか、自分でもわからない。

わからないけれど、堪えられたのだ。

「セーラ、逃げてくれ」

アーレストが懇願する。ただただ希う。

セーラの一番欲しい言葉をくれる人。彼の声は絞り出すように掠れていて、彼の苦渋をよく表していた。セーラを抱き締める腕はどこまでも強く、そして必死だった。

彼がどれだけセーラに逃げて欲しいと思ってくれているのか伝わってくる。

その言葉に従いたい。従いたいのに、セーラの心の、一番大切なところに灯ったものが、それを許さない。

セーラはアーレストの胸の中で顔を上げると、至近距離に彼の顔があった。

初めて出会ったときは、端整な顔立ちではあったが感情の見えない表情で、少し恐ろしく思えた。

男爵邸での彼は冷えた視線をセーラに投げかけることもあったが、その腕は優しかった。

ナナの村でもアーレストはその身体すべてを使って、セーラを助けてくれた。

今までの人生の中で、彼ほど深くセーラに関わってくれた人はいない。

彼を知ってしまった今では、ヒューイ神父の優しさがいかに表面的なものだったのか、思い知らされてしまう。

ます。

——神様、ありがとうございます。私の人生に彼を与えてくださってありがとうございます。

いるかどうか定かでない神に感謝して、セーラはアーレストに手を伸ばすと、ゆっくりとその頬を撫でた。温かい、生きている温度を感じた。

「アーレスト、愛しているわ……」

セーラの唇から洩れたのは、アーレストの望む言葉ではなかった。アーレストは驚きに目を見開いたが、すぐにその目は悲しみに染まる。

「違う、セーラ……今欲しいのはその言葉じゃない」

彼が悲痛な面持ちでセーラに懇願するのを、セーラは震えがようやく収まってきた身体で受け止める。アーレストの胸に抱き締められる温かさが、セーラにひと欠片の勇気を与えてくれる。

——私が逃げたら、あなたはどうなるの？

きっと答えてくれない問いかけは、心の中に留める。

セーラ自身の未来も見えなければ、アーレスト自身の未来もまた、何も見えない。

けれど、少なくともセーラが『聖女』である限り、辺境伯としての彼の人生は保証されるのだ。

アーレストの胸に抱かれながら、セーラは今が一番の幸せなのだと自分に言い聞かせた。

＊＊＊＊

大聖堂の扉を開けて中に入ると、温かい空気がアーレストの身体を包み込む。

今、目の前の巨大な炉には、赤々とした焔が聳(そび)え立っている。彼が誕生してから、幸福なときも、辛酸を舐めた辛いときも、すべてを見届けてきた赤い焔。

大聖堂が大聖堂として存在するための聖火。この焔が青紫に変わるのは、当代聖女セーラの誕生日。あと二日後だ。

「アーレスト様……」

エスタトが神妙な顔つきでアーレストの名を呼んだ。

「準備はすんだか？」

アーレストが問いかけると、エスタトはしっかり「はい」と答えた。

「この火が青紫色に変わったとき、聖女が祝福を捧げる」

二十年前、先代聖女の儀式で、幼かった自分は父と母の苦しそうな顔に気づくことができなかった。

アーレストが祝福の儀式の真実を知ったのは、皮肉にもゲイザーに与えられた書物でだった。元は辺境伯邸の図書室に残っていたものに書かれていた真実は、あまりにも惨いもので、父と母の苦しみをようやく理解したときにはすべてを失っていた。

そして、ゲイザーもまた、その儀式の重みに押し潰されそうになっていたのだろう。彼はアーレストを虐待することに逃げ道を見い出していた。

もしクアントロー辺境伯家がそのまま続いていたならば、儀式の残酷さを知っても、アーレストは粛々と立ち会っていたかも知れない。しかし、彼が継ぐべき地位も、領土も、領民も、すでにない。

アーレストには、未練など何ひとつなかった。

見届けなければならないと心定めているのは、この国の没落と、国王の失権だけだ。

今もなお、あの大愚は玉座に居座り続けている。国が乱れないのは、揺るぎない盤石の富が玉座の下に敷かれているからだ。そしてその盤石の富を築いてきたのは、二十年間、何も知らぬまま儀式のためだけに育てられた聖女たち。

その根元をすべて壊す――それだけが願いだったというのに。

「セーラは聖火に祝福を捧げる方法を知らなかった……」

アーレストの腕の中で震えて泣く彼女は、あまりにも儚く、そして哀れだった。

「それでも彼女は逃げたいとは一度も言わなかった……！」

抑えきれない怒りを薙ぎ払うように、アーレストは手を振り下ろす。ブンッと乾いた風の音が彼の拳から聞こえた。

「なぜだ！　なぜなんだ！　あんなに恐れているのに、どうして彼女は聖女をやめると言わないんだ！　逃げようとしないんだ！」

大聖堂にアーレストの声が響き渡る。

「結局、馬車の中で殺せなかったですしねぇ……」

エスタトが冷静に指摘する。指摘と言うよりは、追い打ちだろう。

本来なら、あの馬車の中で殺すはずだった。大聖堂に着く前にアーレストがセーラを殺した後に、神官と護衛兵たちをエスタトが始末する手はずになっていたのだ。

けれど、セーラは生きて辺境伯邸に、大聖堂にたどり着いてしまった。

あとは大聖堂で祝福を捧げる前にセーラを殺すしかない。なのに、こんな土壇場になってもセーラは「逃げたい」とは言ってくれない。

「セーラの養父とやらの神父の洗脳はそんなに根深いのか？　あれほど怯えているならば逃げればいいのに、何が彼女をあそこまで『聖女』たらしめるんだ！」

セーラが盲目だったように、アーレストもまた盲目だった。

互いの愛が見えているのに、肝心要が見えていない。

「それとも、あの神父を思って聖女でいるのか！」

あまつさえ見当違いな嫉妬さえする主人に、エスタトはにんまりと口角を上げて微笑んだ。細い目をよりいっそう細めて、エスタトは主人に提案する。

「いっそのこと、聖女様にも堕ちていただいたらどうでしょうか？」

「……どういう意味だ？」

エスタトの言葉の意味を図りかね、訝しげに彼を見る。

「殺すことはもうできないのではありませんか？」

アーレストは言葉に詰まった。やはりエスタトにはすべて見透かされている。

なんだかんだと理由をつけて先延ばしにして、セーラを逃がしたかった。

あんなにも幸せに飢えている少女を、どうして殺すことができようか。

アーレスト自身はもう無理でも、彼女だけは救ってあげたかった。こんな澱んだ国から解放したかった。

——彼女を、愛しいと思ったんだ……。

ガシガシと頭を掻きむしり、アーレストは苦悩を露にする。己が傷ついても耐えることができるのに、セーラ一人のために復讐さえ揺らいでしまう。心底情けない。

「アーレスト様、人の心はどうしようもないのです。二十年積み上げたものを一瞬で投げ捨てる脆さがあるのは当たり前のことなのです」

エスタトがアーレストの波立った心を宥めるように言った。穏やかな声は気が立ったアーレストの心を幾分か落ち着かせたが、笑うことによってさらに細められた目と視線が合う。昏く底が見えない目に困惑する。

アーレストの目前の聖火がごうっと音を立てて揺らめいた。

風もない大聖堂の中で、聖火がそのように揺らめくことは珍しい。しかし、そんなことを考えるよりも今はエスタトから目が離せない。

――そういえば、この男はいつ、俺たちと合流した……？

乳母と逃げた後、いつエスタトが自分たちのもとに現れたのか思い出せない。いや、父と母が存命の時分に彼がクアントロー辺境伯邸で何をしていたのかも思い出せなかった。

自分の記憶に違和感を覚えたが、エスタトが細い目を一瞬大きく見開くと、不思議とその違和感が霧散する。

「よくお聞きください、アーレスト様。聖女様が聖女でなくなればよろしいのです」

エスタトの言葉がなぜか奇妙なまでの説得力を持って、アーレストの心の中にすとんと落ちた。

——聖女でなくなれば……。

アーレストの心の中を読んでいるかのように、エスタトは囁く。

「あの方を聖女にした国が悪いのです」

そうだ、この国が悪い。父と母を失ったのも。乳母と乳兄弟を失ったのも、領民たちが苦しみ続けたのも。セーラが聖女であることも、すべて——。

エスタトの言うとおりだと、アーレストは思う。

二十年間、アーレストが死にそうなときもずっと側で支えてきた男だ。疑う気にはなれなかった。

「聖女様を——ただの女になさいませ」

「女に……」

一瞬、脳裏に男爵邸でのセーラの痴態が過った。こんなときになぜと思ったが、こんなときだからこそ過ったのかも知れない。

「愛を囁いて、抱いて聖女を堕としてしまえばいい。そのほうがずっと彼女も幸せでしょう？」

純潔を失うことで聖女でなくなるわけではない。先代聖女は男爵に犯されたが、聖女としての儀式をきちんと行えた。抱いて女にしたからといって、セーラが『聖女』でなくなるわけではないのだ。

アーレストはエスタトの言葉を否定するために、「馬鹿馬鹿しい」と声を出したつもりだった。だが、自分の口は開いたのに、そこから声は漏れ出なかった。

――聖女を、女に堕とす――。

なぜこの言葉が、おぞましいまでに魅惑的に聞こえているのだろう。アーレストは自分が恐ろしくなる。

そんなことをするつもりか？　あのクズどもと同じになるつもりか？

そう、心の中では否定をしているのに、声にできない。

そんなアーレストを嘲笑うように、また風もないのに強く聖火の焔が燃え上がった。その激しさに、ハッとしてアーレストは振り返り聖火を見上げた。

赤々と燃える焔は、すべてを飲み込んでしまいそうなほど強く、そして美しかった。

しかし今は、その荘厳さが恐ろしいとアーレストは感じる。

「よろしいのですか、このまま聖火に祝福を捧げさせても。そのまま儀式が二十年後もまた繰り返されるだけですよ」

いいわけがない。この国に祝福を捧げさせるわけにはいかないのだ。けれど、セーラは逃げることを選んでくれない。ならば、殺すしかない。復讐を遂げるためには。

「聖女様を殺せないのでしょう？」

エスタトの囁きは悪魔の言葉のようだった。

喉がカラカラに渇いていた。

「聖女様はアーレスト様を好いていらっしゃるでありませんか」

「……っ」

エスタトは執務室にいなかったが、彼のことだ。外で聞き耳を立てていたのだろう。

セーラからの告白を、アーレストは胸が締めつけられる思いで聞いていた。

「――そして、あなただって憎からず聖女様を想ってらっしゃる」

そう言ってエスタトはアーレストの左腕の手首に視線を移した。思わず右手で隠してしまったが、そこにはセーラと共に買った組紐の腕輪がある。およそ辺境伯の持ち物としては相応しくないその腕輪には、セーラの瞳の色に似た青色の石がついていた。

アーレストはそれを外さずにずっと着けていた。

エスタトは囁きをやめない。

「ずうっと復讐のために生きてこられた貴方様にだって、手に入るものがあってもいいはずです」

いつも以上によく話すエスタトの言葉は、まるで詩人が歌うかのように滑らかだった。

聞かぬふりも、聞き流すこともできずに、アーレストはただそれに聞き入る。

——俺の手に入るもの……。

寒くもないのにゾクリと身体に寒気が走った。しかしそれは、悪寒ではない。興奮の発露だ。二十年間、復讐のためだけに生きてきた。もうすぐその大願が叶おうとしている。そんなときに余所見をしている暇などあるわけがない。だが、エスタトは今だからこそ、その欲望に手を伸ばせと主人の背中を押す。

「欲しいのなら、堕としてしまいなさい」

聖女をただの女に——。

ただの女になりさえすれば、逃げてくれるだろうか。

アーレストの手で殺さずにすむのだろうか。

「セーラは……?」

「迎賓室でお休みになっております」

アーレストは返事をしなかった。無言でエスタトの横を通り過ぎると、聖火には見向きもせずに足早に大聖堂を出て行く。

エスタトはそんな主人を、目を細めて見送った。

「いってらっしゃいませ、わが主……」

ごおおおおっと、天井に届くほど一際高く焔が上がる。今はまだ赤々とした焔は、二日後に訪れる悲劇を今か今かと待ちかまえているかのようだった。


ツカツカと闇に紛れて、辺境伯邸の長い廊下を歩く。

迎賓室への道のりは目を瞑ってでも行ける。エスタトによって煽られた心をそのままに、アーレストは早歩きでセーラのもとへと向かっていた。

――セーラをただの女に……。

そうしてしまえば彼女は自分のものになるのだろうか。そのまま逃げてくれるだろうか。

大丈夫だ、そうなるはずだ――そう心の中で思ったにもかかわらず、迷いが生じる。

――それでは俺も男爵たちと似たようなクズになってしまうのではないか？

この二十年、ひたすら耐えてきたのは辺境伯の息子だという矜持もあったからだ。それなのに、激情に流されて彼女を抱いてしまっていいのか。心が千々に乱れる。

抱いてしまえと心の中の誰かが言う。

抱かなくとも、誠心誠意心を込めて説得しろと別の誰かが言う。

何を言う、説得できなかったから今こうして向かっているのだ。

それでもお前は自分の欲望で彼女を襲っていいのか。

——ああ、くそっ！

気づけば、迎賓室の前で立ち尽くしていた。何もできない。何を伝えればいいのかわからない。こんなことは人生では初めてのことだった。

——俺は、貴女に生きていてもらいたいだけなのに……。

そのための手段がわからない。

どうしようもなく途方に暮れたときだった。カチャリとドアノブが勝手に回った。

アーレストがギョッとして扉から離れると、ゆっくりと迎賓室の扉が開く。

セーラがナイトドレスを身に纏い、静かにこちらを見上げていた。

「やはり、アーレストだったのですね……」

「き、気づいていたのか……？」

喉がカラカラに渇いた状態でアーレストが問いかけると、セーラははにかんで頷いた。

「こちらに急いで向かってくる足音が聞こえていました。けれど、いつまでたってもノックされないので、気になって開けてしまいました」

目尻が赤い。部屋に入ってからも彼女は泣いていたのだろう。そう思うと、アーレストはまたセーラに「逃げてくれないか」と懇願したくなる。セーラが逃げてくれさえすれば、アーレストは心置きなくこのあと、この国が傾くのを笑いながら見ていられる。

だが、セーラを目の前にすると、すべて霧散してしまう。真っ白になる。

何も考えられない。そんな状態で浮かんだのは――。

「私も、貴女を愛しているんだ……」

なんとも情けない愛の告白だけだった。

セーラがハッと口を押さえ、驚いた様子でこちらを見上げる。

その姿さえ愛おしい。

泣いて赤くなった目尻にまた涙を浮かべて、セーラがこくりと頷いた。

それがどういう意味なのかわかる前に、アーレストはセーラに手を摑まれて、部屋の中に引きずり込まれてしまった。

＊＊＊＊

なぜ私だったのだろうか。

聖女として育てられ、二十歳になったとき、祝福を捧げる。それ以外の人生はなく、ただ聖女であることだけを強いられて生きてきた。

祝福を捧げることをとても恐ろしいと思うのに、それでもセーラが祝福を捧げなければ、この国の繁栄は止まってしまう。

その先にあるのが穏やかな衰退か、突然の恐慌か、誰も経験したことがないのでわからないが、どちらにせよ幸せなままでいられる人は少ないだろう。

迎賓室の寝台に座り、セーラはぼんやりとテラスを眺めていた。今日という日を一晩、明日も一晩、たった二晩が過ぎればセーラは誕生日を迎え、祝福を捧げる日となる。

セーラはぶるりと大きく震え、己自身を慰めるように抱き締めた。

──どうして私は聖女なんだろう……。

銀色の髪を持って生まれたから。先代の聖女が死んだ後、次の聖女を差し出す公爵家の娘として生まれたから。それがセーラの生きる意味だから。

様々な理由を与えられた。そういうものだと覚悟を決めて旅立ったはずなのに、聖火の話を聞いてから震えが止まらない。

──怖い……。

堪えきれずに涙が頬を滑っていく。泣きすぎてしまって頭が痛いが、どうしても眠る気にはなれなかった。寝ても寝なくとも夜は明けて、確実に明日は来るのに、それがたまらなく怖い。

シャラ……と手に握り締めていた簪が音を立てる。アーレストから贈られたそれが辛うじてセーラの心を慰めてくれる。

このままずっと、明後日まで眠っていたい。何も考えずにそのまま儀式の日になってしまえば、この逃げ場のない恐怖もなくなるのではないかと考える。

なくなりはしないことは、わかっているのに。

セーラは簪を握り締めたまま、片手で寝台横の台に置かれた水差しから杯に水を注いだ。それを飲んでいると、廊下から人の足音が聞こえてきた。ずいぶん早歩きでこちらに向かってくる音はひとつ。神官や護衛兵の足音とは違う。

セーラは扉を見つめながら簪を握り締めた。願わくば向かってくるこの足音の主が簪をくれた人であればいいと思った。

足音はやがてセーラの部屋の前で止まる。

ノックを待ったが、いつまでたってもその気配がない。だが、踵を返して帰るわけでもない。そのままずっと扉の向こうに誰かが立っている。

セーラはまるで蜜に誘われる蝶のようにフラフラと素足で絨毯の上を駆けた。神官や護衛兵、もしくはメイドであればすぐにノックをしただろう。

そうしないのであれば、扉の向こう側にいる相手は、きっとセーラが一番会いたい人のはずだと思った。

ドアノブに手を掛けてカチャリと開けると、そこにはセーラの願っていた人が立っていた。

黒づくめの彼は突然開いた扉に、珍しく動揺した顔を見せた。

「やはり、アーレストだったのですね……」

足音のことやノックを待っていたことを言えば、アーレストは気まずそうにセーラを見下ろした。彼が何かをセーラに言おうとする。

また「逃げてくれ」と彼が言うのだろうとセーラは思った。言われるたびに心が酷く揺れ動く。逃げたい、逃がしてと言いたくなる。決してその言葉を言うまいとセーラが覚悟したとき、アーレストの口からこぼれたのはまったく別の言葉だった。

「私も、貴女を愛しているんだ……」

こぼした後、アーレスト自身も目を見開いて驚いたが、セーラも声を上げそうになった。

――今、なんとこの人は言ったの？

思わず確認したくなったが、確認せずとも耳にしっかりとその言葉は残っていた。セーラの胸が熱くなる。

「逃がしてやろうか」

彼は何度も何度もそう言った。その言葉の根底にあるのは、同情や憐憫と呼ばれる感情だろうと思っていた。けれどそうではなかった。

そのことがセーラの心をこの上なく満たした。

そっと彼の手を摑んで自室に招き入れた。アーレストはそんなセーラの様子に戸惑ってはいたが、セーラの手が引かれるままに迎賓室に入った。

引っ張った彼の左手首には、セーラがプレゼントした組紐の腕輪があった。およそ辺境伯のものらしくないそれを、まだ着けてくれていることが嬉しかった。

「セーラ……」

アーレストが戸惑う。足をわずかに止めようとしたが、それでもセーラがその手を引くとそのまま寝台までついてきてくれた。

仮にも聖女である自分が、そうやって自らの寝台までアーレストを導くことが、どんな意味を持っているのか、セーラもわからないわけではない。アーレスト自身もそう思ったから、寝台に近づくことをためらったのだろう。

けれど、セーラにはもうこの手を、この温もりを手放せる気がしなかった。

どうして、私は聖女だったのか。

幾度となく自身へ問いかけたことへの答えを、強く意識する。

「アーレスト、愛しています」

まっすぐにアーレストを見上げて、誇りを持って彼に告げる。

――あなたがいたから。あなたを愛したから、私は聖女で良かった。

たとえ聖女の祝福がどんなに恐ろしく思えても、その儀式が終わる最後のときまで、彼を想っていられたなら、もう、何も怖くはないと思えた。

端整な顔が、セーラのたった一言で、幼子のように歪む。震える唇で、アーレストもセーラにもう一度、告げる。

「セーラ、愛している」

何がお互いをそんなに惹きつけたのか。容姿か、人格か、それともその境遇か。

そのどれかひとつでも欠けていたら、自分たちが出会うことは叶わなかっただろう。

アーレストが辺境伯で、セーラが聖女だったから、二人は出会えた。

だから、愛し合える。

アーレストの手がそっとセーラに伸びてくる。セーラは近づいてくる手を避けることはしなかった。むしろ身体を寄せるようにその手に顔を近づけると、アーレストの手が頬に触れる。節くれ立った手はひんやりと夜の冷たさを感じた。その手が頬を滑りセーラの髪に触れて耳朶をなぞった。

「ん……」

吐息のような声が漏れた。

アーレストが怯えたように手を離したので、その手を追いかけてセーラは縋った。

そして、彼の箍を外す。

それがどんなに罪深いことかなんて、セーラは知らない。知る気もない。

ただ彼女は、彼の最後の箍を外す言葉を言っただけだ。

その意図は互いにまったく別のところにあったというのに、奇跡的に噛み合った。

「私を愛して……聖女でも何でもない、セーラという名のただの女を、愛してください」

セーラの心にあったのは、今だけは、ただの一人の女として、すべてを忘れて彼を愛したい。愛されたい。しかし、その根本に己が聖女であることは揺るがずにあった。

だが、それを聞いたアーレストの目は大きく見開き、次の瞬間には美しい明け方の湖面のように潤んだ。彼の心の奥底に沈んでいた何かにセーラの声は届いてしまった。

「あなたを愛したい……聖女でもないただの女であるセーラを愛したい」

アーレストからの真剣な愛の告白を、セーラもまた心を震わせて受け入れた。

互いの心の間に、著しく大きな溝があることなど気づかずに、ただ、互いが互いを愛しているという事実に溺れる。

ギシリと音を立てて、アーレストが寝台に入ってくる。

ゆっくりと寝台に押し倒されると、アーレストの身体の重みが伝わってくる。

腕で重みを逃がしてくれているのか苦しくはなかったが、トトトトトと心臓が小刻みに早打ち始める。

――あ……。

アーレストが顔を近づけてきたので、セーラは目を閉じた。初めは優しく押しつけるようにアーレストの唇が触れてきた。

初めてのキスに心が震えた。

ふにふにと柔らかく唇を何度か押しつけられ、舌先でペロリと下唇を舐められた。

「口を開いて」

甘い声で囁かれ、セーラはうっとりとして言われた通りに唇を開く。

そうすると、アーレストの舌がぬるりと唾液を伴ってセーラの咥内に入り込んできた。

「ふぁ……」

中途半端に開けた口の中に、アーレストの舌がくすぐるように入り込んでくる。歯先をなぞってセーラの舌に触れると、ぐるぐるとセーラの咥内をかき混ぜる。

互いの唾液が蕩けるように混ざり合い、甘露のように喉を潤す。

アーレストの舌は自分のものとはまったく違い、肉厚で熱かった。

「んっ」

呼吸をするのも忘れてアーレストの舌に翻弄されていると、彼の手がセーラの肩を撫でて夜着を脱がせていく。ゆったりとした夜着は簡単に彼によって解かれる。

「ふはっ……」

キスの合間に大きく息を吸い込む。目を開けると至近距離で紫の瞳とかち合った。

その瞬間、ふわりとアーレストが艶やかに微笑んだ。初めて見る彼のそんな笑顔に、セーラは声もなく見惚れてしまう。いつも以上にアーレストの紫色の瞳は美しく、そして甘く蕩けるような眼差しだった。

「貴女はそうやって、いつも私の瞳を見つめてくるな。そんなに私の瞳が好きか？」

自分がいつもアーレストの瞳を見ていたことを見透かされて、セーラは恥ずかしさに顔を赤らめる。アーレストはクスリと笑ってさらに続けて言う。

「私の瞳と同じ色の簪を毎日着けるほどだ。私の瞳が好きなのだろう？」

「なっ……」

「私も貴女がその青色の瞳で、何の汚れもなく私を見つめてくるのを見るのが好きだ」

アーレストの手がセーラの鎖骨をなぞり、そのまま胸に触れてくる。

そして、ぐっと下からすくうように胸を持ち上げられ、先端を口に含まれた。

「あっ!」

先ほどセーラと絡み合った舌先が、チロチロと蛇のように彼の口から出て、セーラの胸の先端を刺激する。淡いつぼみだったそこは刺激で徐々に立ち上がり始める。自分の胸の先端がそのように形を変えることを初めてセーラは知った。

アーレストはセーラの胸の先端を舌先で弄りながらも、視線はセーラの顔に向けていた。セーラも紫色の瞳に魅せられて、彼から目が離せない。

ぷっくりと先端が尖ると、アーレストは口を開いてそれを吸う。

「ああっ……」

それだけでピリピリと体中を痺れが襲った。吸われているはずなのに、先端から何か流し込まれた気がした。

アーレストは空いているほうの胸も指先で刺激して先端を尖らせる。セーラは初めて与えられる刺激に、バタバタと身体を動かしたい衝動に駆られたが、ぐっとアーレストに押さえつけられていたので、うまく身じろぎができない。

アーレストは執拗にセーラの胸を吸う。時折、彼女の尖った先端を感触を楽しむかのようにこりこりと甘噛みするので、そのたびにセーラはびくびくと身体を震わせた。

「アーレスト……っ」

はあっ……と自分の声とは思えない悩ましい吐息と、彼を呼ぶ甘えた声が漏れた。

アーレストはそんなセーラを見て、先端から唇を放すと、とても嬉しそうに笑う。

「その澄んだ青色の瞳を濁らせたくなるな……」

「えっ……？　ひゃあっ……」

するりと下着を足から外された。そして足をぐっと開いてその間にアーレストが身体を入れてくる。何も着けていない状態でそんな姿勢を取らされては、恥ずかしい箇所が見られてしまう。思わず隠そうとしたが、その手をアーレストに止められた。

「隠さないでくれ。セーラの気持ちいいところがここにあるだろう？　男爵邸で私がたくさん可愛がったところだ」

忘れようとしても忘れられなかった記憶が脳裏に再生され、羞恥にセーラの肌は上気する。

「だってあのときは薬を飲まされて……！」

身体の中心が熱くて痒くてたまらなかったのだ。

幸い、あれから時間も経って薬はすっかり抜けているはずだとセーラは思っていた。

アーレストはセーラの薄い陰毛をなぞると、その下の襞にそっと指を押し込んでくる。

すると、薬の効果は切れているはずなのに、ぬるりとそこが濡れているのがわかった。

「え、どうして……？」

動揺するセーラがおかしかったのか、アーレストはクスクスと笑った。

「安心していい。女はここが濡れるようにできている」

「でも……」

「私があなたの胸を弄った刺激で濡れたんだ」

そう言うと、アーレストはもう一度右手でセーラの胸の先端をきゅっと摘まんだ。

「んっ」

びくんと身体が反応して、無意識に足を閉じようとしていた。しかしアーレストが間にいるので閉じることができない。くりくりと右手で胸を弄られたまま、セーラの濡れた箇所にアーレストの左手が添えられる。

「ああ、でもこんなに濡れるのは、きっと貴女が私に感じてくれているからだろうな」

すっと左手で陰部を拭くように撫でられると、彼の指先がとろりとした蜜をすくうのがわかった。そしてわざとらしく尿道口の側にある感じやすい場所を指が掠めていく。

「あ、あ」

「まだ覚えていたんだね。そう、あなたはここを弄ると、とても気持ちよさそうにしてくれた」

アーレストはそう言いながら、襞の内側に指を入れてきて、セーラの陰核を刺激した。

「ふあっ」

どろっとしたものが身体の奥から外にこぼれるのを感じる。それは生理の経血よりはずっと軽く、そして子宮をより疼かせるものだった。

「セーラ、私はね、貴女のこの可愛らしい場所を、指で触るよりもずっと気持ちよくさせることもできるんだ」

いつもよりアーレストは饒舌だった。その目は爛々（らんらん）として、セーラが無意識にひくつかせる陰部を見つめていた。排泄する箇所をそんなふうにじっくりと見られることが恥ずかしくて、セーラはアーレストから目を逸らしたいが、そうすると身体に与えられる刺激により意識がいってしまって、どうにかなってしまいそうだった。

「アーレス……とっ？」

セーラが目を見開く。アーレストが顔をセーラの下腹部に近づけたからだ。何が起こるのかと思った瞬間、ぬるりとしたものがセーラの陰核に触れた。

「ああああっ」

甲高い声がセーラから上がる。指で触れられるよりずっと強い刺激が彼女を苛む。

「何？　やっ、何？」

　何が起こったのかわからなかった。アーレストの頭で隠れて彼がそんなところに顔を近づけて何をしているのかわからない。ただ、バタバタと手足を動かすと、両手がセーラの腕を押さえつけた。

　じゅるるるると吸い上げる音に、彼女の陰核に触れているものが彼の唇や舌、そして歯だということに気づいた。

「やめて、アーレスト！　汚っ……ああっ」

　排泄する場所だと思っていたのに、そこをアーレストの熱い舌が荒々しい勢いで舐めてくる。ぐぷりと舌先がセーラの膣孔に入り込んでくるのもわかる。

　散々彼女の咥内をかき混ぜたあのぶ厚い舌が、セーラの膣孔の中にも入っていることに、セーラは衝撃と羞恥を覚えた。

「や、駄目！　だめっ！」

　恥ずかしい。逃げたい。なのに、それ以上の快感がセーラを苛む。

　アーレストが荒々しく息を吐きながら、顔を少しだけ上げる。

「ああ、すごい。ぐしょぐしょだ」

　うっとりとそこを見つける紫の瞳は、ひどく興奮していた。

口を開く。彼の舌が見えた。舌先を伸ばし、陰部に顔をまた埋めた。

背中が反ってしまうほどの快楽がセーラを襲う。そうすると、アーレストはその声に煽られるようにがむしゃらに舌を動かす。

「あぁぁぁっ！」

水音はどこまでも卑猥に部屋中に響き渡り、それがセーラの愛液のせいなのか、アーレストの唾液のせいなのかわからない。きっと、すべてが混ざり合っている。

セーラの性器を舐める様はまるで獣のようだったが、ちっとも怖くはなかった。むしろアーレストがそんなふうに興奮していることに、セーラ自身も興奮している。

青白かった肌が、次第に上気してうっすらと桃色になり始める。

アーレストの舌が忙しなく動いてセーラの愛液を啜る。

「あ、あ、や？　だめぇっ……」

セーラはすぐに快楽に誘（いざな）われて、イッてしまう。ガクガクと内股が震え、子宮の奥がきゅうきゅうと疼いている気がした。それでもアーレストはセーラの陰部を舐めることをやめない。

「アーレスト……いッ……イッたからあっ……」

「大丈夫だ、何度でもイッていい」

「いや、そんなにイッたら壊れちゃう！」

強い刺激が立て続けに襲うことにセーラが怯えると、アーレストは顔を上げてセーラを見た。そしてニヤリと笑う。

「いくらでも壊れていい。貴女が壊れる様を俺は見たい」

くだけた物言いのあと、アーレストは再びセーラの膣孔に舌を這わせた。今度は両手をセーラの内ももにかけて。

「ああっ……！」

舌が膣孔の奥に入り込み、そこを広げていく。愛液なのかアーレストの唾液なのかわからないくらいそこは濡れて、いやらしいぐじゅぐじゅとした水音が室内に響き渡る。

あの男爵邸で彼の指が刺激した場所を、今は彼の舌が刺激している。指のような強さはないが、粘膜同士の接触はどんな媚薬よりもセーラを溺れさせる。

――こんなに気持ちいいなんて……。

「ふぁっ……んんんんっ……」

またイッて、起きてしまった上半身がのけぞる。すると裸の自分の胸がぶるんと弾む。

その様子にアーレストは興奮したのかさらにセーラの膣孔をしゃぶり、空いた手でセーラの胸を鷲掴みにした。ぐにぐにとやや乱暴に揉みしだかれているのに、どれもが気持ちいい。

「ん——！」

ガクガクと震えが来てまた達してしまう。ハアハアとすでに息は荒く、セーラは何度も何度もアーレストにイかされてしまう。この先に何があるのかと恐ろしくなる。

「アーレスト……アーレストっ……あああ」

熱に浮かされたうわごとのようにアーレストの名前を呼ぶと、返事の代わりに彼は舌先をずっぷりとセーラの中に押し込んだり、陰核を歯で甘く噛んだりしてセーラの意識を飛ばす。

何度も何度も、執拗に攻められ、セーラはついに自分では足を閉じる力さえなくなってしまった。

「あ……あ……あ……」

ハアハアと荒い呼吸を繰り返し、だらしなく開いた足の間では、まるで失禁したかのようにぐっしょりと寝台が濡れていた。セーラ自身の愛液と、アーレストの唾液が混じり合った淫靡な染みに、なんていやらしいのかと思う。

今朝までは純粋な気持ちでアーレストへの恋心を抱いていたのに、こんなものを知ってしまったら、自分はもう身体の内側から作り替えられてしまうのではないか。そうしたらどうなってしまうのか。

わからない。でも気持ちがいい。

まとまらない意識の中、とろりとした目でアーレストを見ると、彼はセーラをまたいで上体を起こしていた。

よだれにまみれた口元を荒々しく拭うと、シャツを乱暴に脱ぎ捨てる。

彼の裸の背中は見たが、前を見るのは初めてで、そしてやはりセーラの想像したとおり、彼の胸や腹には、いくつもの痛々しい傷痕があった。

「あ……」

悲しげに顔を歪ませその傷痕に手を伸ばすと、アーレストがセーラの手を摑んだ。

少しだけ忌々しげに、アーレストが言った。

「まだ聖女に戻る余裕があるのか……」

──だって私は聖女だもの……。

そう思ったが、緩みきった口から言葉は出ない。

アーレストはセーラの手を下し、膣孔に触れた。指を三本ほどそこに差し込むと、ぐじゅりと中から蜜が溢れ、アーレストの指を飲み込む。少しだけ引きつるような痛みを感じたが、何度も何度もアーレストの舌で愛撫された後では、その痛みさえ甘い疼きのように思えて、「あ」と短く嬌声が洩れた。

アーレストはぐじゅぐじゅと指でセーラの中をかき混ぜる。セーラの膣孔は覚え立ての快楽に素直に反応し、その指をきゅっきゅと締めつけた。

彼が下穿きを寛がせると、ビンッと雄々しい男性器が跳ね上がって出てくる。

ギチギチにそり立ったソレは、アーレストが触れてもいないのにビクビクと上向きに僅かに動いた。

「大きい……」

舌足らずな声が無意識に洩れると、アーレストが笑った。

「今からコレを貴女のここに挿入れる。だから俺でいっぱい汚れてくれ」

アーレストの言葉はどこか希うような響きがあったが、セーラはそれがどういう意味なのかまではわからなかった。ただ、アーレストに乞われたことだけはわかっていたので嬉しそうにうなずくと、彼は滾るそれをセーラの膣孔に宛がった。

ぐりっと先端を押しつけられると、初めにしたキスをふと思い出した。何度か繰り返し触れる感じまでそれと同じで、思わずクスリと笑ってしまう。

「ずいぶん余裕があるんだな」

アーレストがそう言いながら、セーラの頬に口づける。そして彼女の身体を抱き寄せながら、その耳元に甘い声で囁いた。

「貴女は私の女だ」

「あ――」

ズズズッと指や舌以上に大きなものが、セーラの中に押し入ってくる。ぶちぶちと身体の中を引き裂くように侵入してくるが、痛みはそれほど感じなかった。

奥まで挿入(はい)ったその圧迫感で、軽くイッてしまったからだ。

じんじんと身体の中心が熱い。痛いはずなのに、それらはすべて熱に変わって、内側からセーラを気持ちよくさせた。

「んっ……」

アーレストがはあ……と吐息を漏らす。紫の瞳と視線がかち合う。

セーラを気持ちよくさせてくれたときよりも、ずっと蕩けた紫に、セーラ自身も身体が溶ける感覚に襲われる。

「動くぞ」

アーレストは短く吐き捨てると、腰を動かし始めた。ずっずっずっと身体の中心から揺さぶられる。

「あ、あっ……あっ」

押し込まれるたびに声が出た。いやらしい声だと自分でも思ったが、その声がアーレストの吐息と混ざると、得も言われぬ幸福感を覚えた。

舌と指でイかされ続けたときは、繰り返される刺激に波のような快楽を覚えたが、アーレスト自身に抱かれている今は、それよりもずっと大きな快楽がセーラの体中に広がっていた。

「セーラ……」

「アーレスト……あ……愛……愛してっ……」

揺さぶられながら、愛を告げる。だがどうしても最後まで言えない。アーレストはセーラの言葉に一瞬目を見張ったがすぐにセーラの足を大きく抱え込むと、ぐっと挿入を強くした。

「ああ、セーラ。たくさん、何度でも貴女を愛そう」

セーラの言葉を懇願だと思ったアーレストがそう言って、セーラの中に押し入ってくる。

アーレストの愛が、勢い良く彼女の中に注がれる。

「あぅっ……んっ……ん」

激しく揺さぶられ、言葉が続かない。

こんなにも獣じみた行為だというのに、心の中はたまらなく満たされていた。

そんな感情、知らなかった。神父にでさえ、愛というものを感じたことはなかった。だが、アーレストにそう告げられて、セーラは快楽の中、これが愛なのかと覚える。

「アーレストっ……私も……っ、私も愛している……」

「セーラ！」

律動が激しくなる。揺さぶりが強くなると指や舌とは別格の快楽の頂点がセーラを襲ってくる。

「んっ……イッちゃ……あっ、あっ……」

「セーラっ！」

ぎゅうっと足をアーレストの腰に絡ませて、彼にしがみつくと、アーレストもありったけの力でセーラを抱き締めてくる。グッと彼の雄芯が奥までセーラの中に入り込み、ぶあっと中で熱くなった気がした。

ぐっぐっぐっと何度も何度も、アーレストが彼自身を押しつけてくる。セーラはイッた後だったので、短く喘ぎ声を上げることしかできない。

「はっ……」

セーラにしがみつくようにして律動を止めたアーレストは、やがて上体を起こしてセーラから離れた。ズルリと彼自身がセーラの中から抜け出ると、栓をされていたその場所からどろりと重い体液が外へとこぼれる。

ごくりとアーレストが唾を飲み込んだ音がした。

しかし、セーラはもう身体全部を使い果たした気がして、まったく動けなかった。

アーレストの指が、セーラの膣孔をなぞった。

そして、陰鬱な低い声が彼から聞こえてくる。

「ああ、これで貴女は俺に堕ちた」

——堕ちる……？

その意味がわからない。

わからなくてどういう意味なのかと聞こうとしたが、もう何も思い浮かばず、セーラはその意識をゆっくりと手放していった。

＊＊＊＊

「私を愛して……聖女でも何でもない、セーラという名のただの女を、愛してください」

セーラからその言葉を聞いたとき、アーレストは彼女が聖女という肩書きも何もかも捨てて自分のものになってくれるのだと歓喜した。

事実、彼女は何度も頷いて、アーレストを受け入れてくれた。

この美しい女は聖女などではない。アーレストの愛する唯一の女なのだ、と思った。

思えば、失うだけの人生だった。

父や母、乳母や領民、領土、彼の手にあったものはすべて奪われた。彼の心を生かすのは、この国に対する憎しみだけだった。復讐がすべてでそのために生きてきた。

だからその手の中にはいつも何もなかった。何ひとつ、必要なかった。

復讐が終われば、あとは虚無しかないのだと思っていたのに、最後の最後に、彼は手に入れた。

自分だけのもの、セーラという女を。

男爵邸で、どうして自分は彼女を抱かずにいられたのか……今となってはアーレストにはわからなかった。

最初、白濁に混じった赤いものに、彼女の初めてを自分が奪ったという実感が湧いた。

そこから何度も抱いた。狂ったように何度も。

セーラが受け入れてくれるのをいいことに、ひたすら彼女の身体中をまさぐった。交わった。どろどろに蕩かした。

彼女が意識を失ったときも、ゆるく足の間を開いたままにしていたので、アーレストはまたそこに自分の男性器を挿入した。

意識を失ってもセーラは気持ちよさそうに彼の愛に応えてくれた。

「ん、ん、ん……」

揺すれば短く喘ぐ声が可愛らしい。その口を塞ぐと、代わりに下の口がズボズボといやらしい音を立てて、さらに彼を獣に貶めた。

復讐のために今まで生きてきたのではなかったのか？

自分の中で誰かがそう問いかける。

わかっているはずなのに、止められない。

――これは俺の女だ。

初めて手に入れた、彼だけの、彼のものだった。奪われるだけの人生だった彼に、初めて手に入った奇跡、僥倖、愛。何物にも代えがたい至宝。

「アーレスト……もお、あっ……」

甘えた声で逃げようとするセーラの背中を押さえつけ、後ろから彼女に挿入すると、セーラは嬉しそうに腰を上げた。

――なんていやらしい女なんだろう……。

教えてもいないのに、尻を上げることを覚えてしまった彼女の中に、何度目かわからない精を吐き出す。

もうあまりにも吐き出しすぎて、薄くなりきっているがかまわなかった。

どうせ彼女の腹の中にはたっぷりとアーレストの精が注ぎ込まれている。

夜が明けてもアーレストはセーラを放さなかった。

途中、何度かエスタトが部屋に食べ物や替えのシーツを持ってきたことはぼんやりと覚えているが、それさえも曖昧だ。

ただ、ただ、獣のように交わる。

昼間に風呂に入ったとき、彼女は自分の中からずっと溢れてくるアーレストの精液に、顔を赤くして身体を震わせた。

——なんていやらしい……。

そのたびにアーレストは歓喜した。あの清楚で何も知らなかった娘が、アーレストの下で淫靡に喘いでいる。それがたまらなく嬉しい。

聖女になんてならなくていい。聖女である必要なんてない。

ただの女でいい。

「貴女は私のものだ——！」

そう断言すると、セーラも強く頷く。

「はい……！　はい……！　私は、アーレストの……！　あああああ！」

セーラを上に乗せ、下から強く突き上げると、セーラが大きく喘いでのけぞる。

彼女の何も知らなかった無垢な身体には、至るところにアーレストのつけた跡が赤く残る。まっさらだった聖女は、娼婦のようないやらしい身体になった。

しかもイッてもイッてもセーラは貪欲にアーレストを銜え込んでくる。

挿入しながら陰核を刺激すると、膣孔を震わせながらイき、そこから透明な液体をこぼした。

「セーラ、舌……」

アーレストが言えば、ちろちろと可愛らしい舌を出してアーレストのそれと絡ませてくることも覚えた。舌を吸うと、膣孔も同時に締めつけてくるのもたまらない。

「くっ……セーラ……」

また精を吐き出して、そのまま挿入したまま眠りに就く。そして目が覚めるとまた彼女を貪った。夜になり、いよいよこの晩を過ぎたら約束の日になるとわかっていても、アーレストは彼女を放さなかった。

このまま大聖堂の焔が赤から青に変わっても繋がっていたら、彼女は聖女の祝福を行えないのではないかとふと思った。

――そうだ、このままずっと俺に抱かれていればいいんだ。

何もかも忘れて、快楽の沼に沈み込んでしまえと思った。

父母を殺されても、乳母と隠れて耐えた大聖堂裏の泥沼を思い出す。泥沼は生ぬるく気持ちが悪かったが、セーラと一緒ならあの泥沼にも浸かっていられると思った。

「セーラ、ずっとこのまま……」

ずっとこのまま、自分の側にいればいい。

空が白み始める。

聖火は日の出とともに青紫に変わる。その焔を彼女は見ることなく、アーレストの腕の中で微睡(まどろ)むのだと思うと、それだけで心が喜びで震えた。

ただの女になった。

セーラはもう聖女ではない。

アーレストを愛する、ただ一人の、なんでもない女になったのだ!

そう思っていたのに――。

目が覚めたとき、側にセーラはいなかった。

第九章

　目覚めると、自分の胸に顔を寄せて穏やかな表情で眠るアーレストの姿がある。たったそれだけのことなのに、セーラの胸は多幸感に満ちていた。愛する人に愛をもらい、それを返す。快楽を伴う行為は、セーラに愛する喜びを与えてくれた。

　辺境伯邸に着いた日から二晩。

　朝と夜を二人で迎えた。

　幾度もついばむように唇を重ねては、愛の言葉を互いに囁き、睦み合う。そして、身体の最奥まで穿つアーレストを受け入れては幾度も幾度も高みで果てた。アーレストがセーラの身体で触れなかった場所はない。寝台で風呂場で、ひとときも離れることはなかったように思う。

途中、セーラが眠ってしまっている間もアーレストがセーラの身体を揺さぶる振動で起こされた。ずっと抱かれていたのだろう。何度か気を失ったセーラより、アーレストのほうがよほど体力を消耗したに違いない。今はとてもぐっすりと眠っている。

アーレストの額に貼りつく髪の毛をそっと払う。

どこか険しさのある表情は和らぎ、いつも全方向に警戒をしていたアーレストとは思えないほどの穏やかさがある。彼から聞いた過去を思えば、今まで心の底から穏やかに眠ることなどできなかったのではないだろうか。もし、今アーレストの健やかな眠りが、セーラが側にいるせいであるならば、どれほど嬉しいことだろう。

この二日間、不思議と邪魔は入らなかった。

セーラとアーレストが姿を見せなければ、辺境伯邸の使用人はもちろん、神官や護衛兵たちが騒ぎ立てそうなものだが、誰も何も言ってはこなかった。いつのまにか朝昼晩と食事がサイドテーブルに置かれ、いつのまにか片づけられていた。

アーレストの優秀な従者エスタトが、己の主人のためにそのように計らってくれたのかもしれない。エスタトにとってはセーラなど主人のおまけでしかないだろうが、この愛し(いと)い幸福を味わう時間を作ってくれただろうことに、セーラは深く感謝した。

カーテンの隙間から差し込む光の角度で、太陽が中空に昇りつつあることを把握する。

もうすぐ『聖女の祝福』を捧げる時間が来る。

胸に湧き上がる黒い靄をなんとか呑み下す。『聖女の祝福』に意味があるか否かなど、もはや考えても詮無いことだ。

本当はアーレストの寝顔をずっと眺めていたい。

できれば最期に彼の美しい蒼い焔が揺れ混じる紫の瞳を見たかったが、それは贅沢がすぎるというものだろう。

アーレストは絶対に放すまいとするかのように、セーラの腰に腕を巻きつけている。この重みさえも喜びに変わる幸福に酔いしれてしまいそうな自分を叱咤して、セーラはなんとかアーレストの腕から抜け出した。

起こさぬように細心の注意を払って、寝台から降りる。

気絶するように寝てしまったとき以外は、ずっとアーレストに抱かれていたために、疲労した身体はずいぶんと重い。身体中がベタつくのも、愛された証だ。

足はガクガクと震えて歩くのもままならなかったが、なんとか隣の浴室まで足を動かす。

浴槽にはしっかりと湯が張られており、ちょうどいい湯加減だった。

きっとこの湯もエスタトの指示で用意されたものだろう。

体中をよく洗い身を清める。

自分に残された時間を思えば、愛された証を身体に残したままでいたいとすら思うが、また一方で誰にも見せたくないとも思った。アーレストがセーラを愛してくれたことは、二人だけの宝物であり、同時にセーラにとって心の支えになった。

赤く跡のついた場所はアーレストがセーラの皮膚を強く吸ったところだ。

無数に散らばる花びらのようなその跡が、彼と睦み合った時間を思い出させる。

まるで獣のようだった。

ぎしぎしと身体は痛むし、ずっとアーレストが入りっぱなしだった箇所は今も何か入っているような気がしてならない。

あんな嬌声を自分が上げるなど思いもしなかった。

身体を重ねる行為は生々しく卑猥なもので、けれど同時にたまらなく相手を愛しく想う尊く聖(きよ)い行為であると知った。

アーレストでいっぱいに満たされていて、ふわふわとまるで夢のような多幸感にセーラは包まれる。

心も身体もすべてをアーレストに捧げた。

……いや。これから命もアーレストのために使うのだ。

セーラは身を清め終えると、儀式のために用意されたドレスを身に纏う。

今日はセーラの二十歳の誕生日。聖女が祝福を捧げると定められた日だ。

セーラは鏡に映る己の姿を確認する。

ただひとりの女ではなく、聖女にならなくてはいけない。

二十年のすべては、今日この日のため。

聖女セーラ・セイクリッドは、国の安寧と豊穣を得るために、最果ての地の大聖堂で聖火に聖女の祝福――命を捧げるためにここへ来たのだ。

アーレストがくれた簪を上着に忍ばせて、セーラは静かに部屋を出た。

扉を閉じて、まっすぐに顔を上げる。

足音も立てずに廊下を進む。周囲に人の気配はない。

音もなく、ゆったりと歩くセーラの衣擦れの音が僅かに響く。

本来であれば、辺境伯か辺境伯夫人に先導されて歩く廊下だ。それをセーラはひとりで進む。セーラがひとりでここを歩いたことを、アーレストはきっと怒るだろう。

アーレストに先導されれば心強いだろうけれど、それゆえに間違いなく未練が残る。

あの優しい人は、逃げてもいいのだと何度もセーラを唆してくれた。

アーレストは何度も何度も、セーラが欲しいと乞うてくれた。身体を深く穿ちながら、愛の言葉を囁いてくれた。そんな彼に見届け役などという残酷な役目を背負わせたくない。

何よりも、セーラが役目を果たす姿を見せたくはない。

聖火に身を捧げる自分は、きっと綺麗に逝くことはできないだろうから。

彼の記憶に残るのは睦み合った夜の自分だけであってほしい。

これはセーラの我儘だ。

たったひとつ、最期の我儘を、どうか許してほしい。

迎賓室から廊下を経て、玄関正面の大階段を降りると、玄関の大扉の前に護衛兵が二人立っていた。セーラが降りてきたのを確認すると、少しだけホッとした顔になる。きっと時間に遅れそうになった場合は呼びに行くようにとでも言われていたのだろう。

二日間、アーレストと何かしていたのだろうと下種な勘繰りでもしていたのか、護衛兵たちは下卑た笑いを浮かべていたが、セーラの纏う雰囲気に圧倒されると顔を強ばらせた。

己の運命に抗わず、ただ怯えていた少女の姿はない。

聖女の名にふさわしい神聖な雰囲気を纏う、高貴な美しさがそこにはあった。

大聖堂は邸宅の裏にある。昼間でも薄暗かった二日前と比べ、今日は晴れ晴れとした青空だった。まるで今日という日を祝うような天候にセーラは心の中で笑う。

最期に見た空が美しい青で良かった。そう思いながらセーラは歩く。

三百年間ずっと変わらぬままに在る静謐な時間。

こんなに空は美しいのに、周囲に鳥の声ひとつしない。生き物の気配は一切ない。
捨てられて忘れ去られた廃墟のような辺境伯邸。
セーラは代々の聖女たちに想いを馳せる。
彼女たちはどんな思いでここを歩いたのだろうか。誇り高く歩んだ聖女もいるだろう。
己に課せられた役目の残酷さに嘆きながら歩いた聖女もいただろう。
セーラは人を愛するということを知り、その想いを告げることができた。
その想いにアーレストも応えてくれた。
愛しい人の腕に包まれ、身体を重ねる喜びを知った。
これほどの喜びを胸に、今日という日を迎えることができたことに感謝する。
――アーレスト、愛しているわ。
愛を胸に、聖女は死を選ぶ。

間近で見る大聖堂は、執務室から見た以上に美しかった。大きな扉の前に残りの護衛兵たちが控えている。やはりセーラに冷ややかな視線を向けるが、セーラは何も感じなかった。彼らに一瞥もくれることなく、大聖堂の扉を押し開く。

扉の隙間から、少しずつ見えてくる大きな大きな焔――大聖堂の中央に聖火が灯されていた。その荘厳な焔に気圧され、一歩も動けずセーラは見上げた。

聖火はアーレストが教えてくれたとおりに、青紫色の美しい焔を立ち上げている。

本来であれば神を模した像が祀られるべき場所に炉が設置されており、その炉に青紫色の聖火が灯っている。焔の勢いは強く、高い天井に焔が届きそうなほどだ。なのに、焔の熱気は感じない。また、焔が燃え盛っているというのに、空調を整える煙突のようなものがないのも不思議だった。

セーラの後ろから大聖堂を覗く護衛兵たちが小さく驚きの声をこぼす。

「昨日覗いたときは赤かったのに、青紫になってるぞ……」

「なんだこれは……」

護衛兵たちには青紫色の焔が、恐ろしいものに感じられたようだ。入り口に立ったまま聖堂の中へ入ろうとはしない。

夜の深い闇から目覚め始める空の色。セーラはその色にただただ見惚れた。

神秘的な美しさを内包している焔は、アーレストの瞳の色によく似ている。

ふと、最期の時をこの焔に包まれるのなら、まるで彼の腕に包まれるような心持ちで、苦しみを感じることなく逝けるのではないかと益体もないことを思う。

薪をくべるように今から自分の身体を聖火に捧げなくてはならないのに、恐ろしさよりも、焔の色に心を奪われてしまうとは——。

今ここに至ってさえも、アーレストの存在が自分を支えてくれている。

護衛兵たちは大聖堂の中に入らないらしく、セーラだけが奥へと進む。

ギイッと背後で扉の閉まる音がした。

聖火の前では神官が待っていた。短い錫杖を持ち、シャンと一度だけそれを鳴らす。

ヒューイ神父の錫杖よりずっと小さなものだが、錫のすり合う音が大聖堂に響き渡る。

「禊はすみましたか？」

神官はフンッと鼻を鳴らし、セーラに蔑みの視線を向ける。

「辺境伯の従者の男から貴女は禊をしていると聞きました。ですが、その間、辺境伯は邸内のどこにもいらっしゃらなかった。どこで何をしていたのですか？」

神官の詰問にセーラは戸惑う。

セーラは迎賓室にずっといた。護衛兵たちは違うが、神官も迎賓室のある階に部屋を用意してもらっていたはずだ。セーラが部屋にいるか、簡単に確認できただろう。

「迎賓室にも何度か行きましたが、貴女はいなかった。この屋敷には隠し部屋でもあるのですか？」

「いえ、そんな部屋はありません。……私はずっと迎賓室にいました」

「白々しい嘘を。汚らわしい！　……淫売の娘はやはり淫売だな」

神官はセーラの言葉を一切信じず、ジャンッと錫杖を鳴らしながら吐き捨てた。

「この二日、あの辺境伯と寝ていたのだろう！　あの男はお前を女として見ていたようだな！　神をも恐れぬ、なんと汚らわしい行いだ！」

確かに迎賓室で昼夜問わず、セーラはアーレストと愛を交わしていた。だが、神官に汚らわしいと言われる筋合いはない。

「本当に寝ていたのだな！　なんと破廉恥(はれんち)な！」

肯定も否定もしないセーラに対し、神官がヒステリックに叫ぶ。その姿をセーラは何の感慨もなく見つめていた。神官はセーラが純潔を失ったことに怒り狂っているようだが、聖女の純潔など祝福に必要ない。捧げるのは聖女の身体(いのち)、それだけだ。

「なんだ、その目は！」

怯えもしないことに腹を立てた神官は、錫杖をガッとセーラの頭に振り下ろした。

「きゃあ！」

とっさに手で避けたが、セーラは身体のバランスを崩して膝をついてしまう。神官は地面に伏したセーラを見て溜飲が下がったのか、ニヤニヤと下卑た笑みを浮かべた。

「淫売のお前に、面白いことを教えてやろう」

セーラは錫杖で痛めた手を庇いながら、神官を睨み上げた。互いが互いに対し嫌悪の表情を見せたのは今日が初めてかも知れない。神官もセーラが今までと違い反抗的なので、ますます怒りが湧き上がっているらしかった。

「お前の母親は、ヒューイ神父の婚約者だった女だ」

「え……？」

一瞬、何を言われたのか理解ができなかった。

自分の父親のことは知っていたが、母親のことはまったく知らない。自分を生んだ女性が、父と慕うヒューイ神父の、婚約者だったという意味をうまく理解できない。

教会の神父は結婚を許されない。それはヒューイ神父も例外ではない。

「結婚式を目前に、ヒューイ神父の親に借金があったことを知ったお前の母親は突然行方不明になった。そして一年後、フォース公爵の使用人に運ばれて、死体になって戻ってきたそうだ。大金と共に」

行方不明、大金、死体。不穏な言葉が並ぶことにセーラは戸惑う。

「お前の母親は、フォース公爵に自分の腹を売ったんだ。借金返済のためかもしれんが、婚約者が別の男に股を開いたあげくに死なれたヒューイ神父はどう思ったろうなぁ？」

神官はおかしくてたまらないと言いたげに嘲笑う。

「生まれた子どもは、ヒューイ神父にまったく似ていない銀髪の娘。フォース公爵の思惑どおり、次代の聖女と認定された」

セーラの喉がひゅっと鳴った。

『あんたは親に捨てられたんだ。いらない子なんだよっ！』

かつて昔、幼い頃に投げつけられた言葉が脳裏を過る。

昔から出自が怪しいと揶揄されていたことを知っている。公爵家の父母が会いにこないことから、愛されていないと察していた。けれど、父であるフォース公爵が血筋確かな自分の娘の身代わりの子どもを欲し、そして実の母は婚約者を借金苦から救うために子を成したのだと思いもしなかった。

まさか本当に〝いらない子〟だったとは――。

唇を震わせ青ざめるセーラに、神官は楽しそうに顔を寄せる。

「ヒューイ神父は婚約者を寝取られたが、そのかわり大金を手に入れた。その金で神職を買い、お前の住む教会の管理者となったそうだ。自分の手でお前を育てるために」

ニヤニヤと卑しい笑みを顔に張りつけ、神官はセーラの反応を楽しみながら話をする。

「他人のために尽くす心優しい聖女になるよう育てたのに、淫売の娘はやはり淫売。結局、お前は母親と同じようにヒューイ神父を裏切って、男に股を開くんだな」

「……違うっ」

「何が違う？　金のためにほかの男と寝る女、聖女の役目を忘れて男と寝る女、どっちも似たようなものだ」

　聖女の役目を忘れたことなど一瞬たりとてない。今日この日までの二十年間、役目の恐ろしさを忘れることなどできはしなかったのだから。

　アーレストに抱かれたのは、彼を愛しているからだ。セーラの母とて方法は間違っていたが、ヒューイ神父のためを思ってしたことだったはずだ。

　それなのにセーラも、その母も、淫売だと神官は嘲る。

　胸に重石（おもし）が乗っているかのように、呼吸が苦しい。

「ヒューイ神父から、祝福を捧げる日に伝えるように頼まれていた言葉がある」

　聞きたくない。セーラは無駄とわかっていながらも、首を左右に振った。神官は乱暴にセーラの髪を摑み無理やり顔を上げさせ、蔑むようにねめつける。

「聖火で焼け死ね――」

　それはヒューイ神父がこの二十年間、抱え込んでいた想い。

　――ああ、神父様は私を憎んでいたのね。

二十年間という月日をかけてセーラにやさしく寄り添い、けれど決して愛は与えず、聖女の役目を刷り込むように囁き、『聖女』に見事に仕立て上げたのだ。

祝福の捧げ方をセーラに説明しなかったのも、優しさからではないのだろう。

捧げる方法を知ったセーラが、絶望を抱えて死んでいくように仕組んだのだ。ヒューイ神父が憎しみを昇華させるためだけに育てられたのだ——。

そのことは、セーラの心をボロボロに引き裂くはずだったのだろう。

——けれど……。

セーラは上着に忍ばせていた簪を取り出し、自分の髪を摑む神官の手に突き立てた。

「ぎゃああ！」

神官が醜い悲鳴を上げた。セーラの力でも痛みを与えることができたようだ。

「何をする！」

「私は国のためにもヒューイ神父のためにも、あなたのためになんか死なない！」

セーラは声を張り上げた。大聖堂に声が響き渡る。腹の中からそんなにも大きな声が出るなど、自分でも知らなかった。

「なっ……！」

神官が絶句する。セーラは立ち上がると、簪の先を神官に向けながら叫ぶ。

生贄を『祝福を捧げる』などと綺麗な言葉に、誰が言い換えたのかは知らない。

聖女として死ぬために育てられ、焔に焼かれることが定めであっても、そんなことはもうセーラには関係ない。

大切な人を幸せにしたいから、この命を捧げるのだ。

セーラに初めて愛をくれた人。セーラを最後に愛してくれた人。

それは美しい紫の瞳を持つ彼だけだった。

「私はアーレストのために、この命を捧げるの！」

「この淫売がっ！　神聖な儀式で男の名を呼ぶなんて！　すぐ儀式を終わらせねば！」

激した神官は強引にセーラの腕を摑み、引きずるように炉へと引っ張っていく。神官の頭には儀式のためではなく、セーラを炉に放り込むことしかないようだった。

ごおおおっと炉の焔は異様な音を立て、激しく燃えさかる。まるでセーラを食らわんとする獣の咆哮のようだ。

セーラは必死に神官の手を振りほどこうとしたが、痕がつくほど強く腕を握られ振り払うことができない。

もとより死ぬためにここに来たのだ。炉に身体を落とすことはかまわない。けれど、それは神官の手によってではなく、セーラ自身の意志によって行われるべきことだ。

「私はあなたたちのためになんか絶対死なない！」

セーラは炉を目の前にしても声を張り上げる。

「私は、アーレストのために死ぬの！」

このまま炉に落とされてしまうなら、最期の瞬間まで誰のために命を捧げるのかを叫び続ける。聖火に焼かれればそんなことはできないとわかっているが、それでも燃え尽きるそのときまで。ただ愛しい人のために捧げるのだと——。

「はやく死ね！」

神官が激怒しながら、セーラを炉に突き落とそうとした。セーラの目の前が青紫色に染まる。こんなに近づいているのに、不思議と火の熱さが感じられない。

ふいに静寂が大聖堂を包み込む。

ただ、不気味なほど静かな時間が数拍。

神官が震えた声で、ポツリと言った。

「なんだ……これ？」

セーラの腕を掴んでいた神官の手が緩む。セーラは神官が何に気を取られているのかわかぬまま、腕を引き抜き振り返る。

神官は驚愕の表情のまま、自分の胸元に視線を向けていた。

「え……？」

何が起きているのかわからない。神官の胸から剣が突き出ていた。

ズッと音がして剣が胸に沈んでいく。いや、突き抜けた剣がまた突き抜けた箇所を戻っていったのだ。その様を神官は小首を傾げて見ていたが、自分が刺されていると認識したとたんに叫び声を上げた。

「ぎゃあああああ！」

激痛に喚く神官の背が何者かによってトンッと軽く押されると、神官は驚くほど簡単に炉に向かって落ちていく。

「あ……」

セーラは目を大きく見開き、炉に吸い込まれていく神官を見た。

神官は呆然とした様子で炉に落ちていく。きっと自分の身に何が起きたのかわかっていないのだろう。何の音も立てずに青紫色の焔は神官の身体に喰らいつく。その焔にドロリと溶けていくように身体を崩し、神官は消えていった。

セーラはゆっくりと後ろを振り向き、神官の胸から引き抜かれた剣先に目を向けた。

ポタポタと血を垂らす剣先から剣の柄に、そしてその柄を持つ手へと視線を動かしていく。血を滴らせる剣を手にしていたのは、血しぶきを顔にまで浴び、白いシャツを真っ赤に染めたアーレストだった。

アーレストの身体越しに、大きく開かれた大聖堂の扉が見える。外では護衛兵たちが倒れて血だまりを作っていた。その様子からして、すでに事切れていることは明白で、彼の剣が吸った血は神官だけではないのだと知る。

紫の瞳は聖火のように深い青色を燻らせ、セーラを睨むように見つめている。ハアハアと肩で息をしているのは戦ったせいか。それともここまで急いで駆けつけたからか。

アーレストは激しい怒りを湛えているのに、なぜか捨てられた幼子のような表情をしていた。

「アーレスト……」

セーラは茫然と愛しい名を口にする。

剣を手に血しぶきを浴びた様は恐ろしいのに、アーレストの表情があまりにも頼りなげで、セーラは思わず両手を伸ばすとその身体を支えるように抱き締めた。

カランと音を立てて彼の手から剣が落ちる。

「セーラ……セーラ……!」

セーラの名前を呼ぶアーレストの声に胸が詰まる。

身体を愛しんでくれたときの熱を帯びた甘い声とは違う、怯えるように震え掠れた声。

「……貴女を失ってしまったかと思った……」

彼はぎゅっと強くセーラを抱き締める。セーラが生きていることを確認するために、背中や髪に触れながら、全身で噛み締めているようだった。

セーラはアーレストから伝わる温もりに心震わせる。

「目を覚まして、貴女がいないと気づいたとき、どれほど俺が絶望したかわかるか？」

アーレストは炉からセーラを引き離すように掻き抱く。

震え声で独白するアーレストに、彼の腕の中に閉じ込められたセーラは何も言えない。目を覚ました彼がどれほど恐怖したのか。もし自分が逆の立場であればセーラも同じように狂ったような声を上げたことだろう。

けれどセーラが身を捧げなければ、アーレストは辺境伯の役目を放棄したとして罪に問われることになる。

「ひとりで……逝くつもりだったのか？」

問いかけに小さくこくりと頷いた瞬間、ガッと強い力でセーラの顎を掴み、アーレストは顔を上げさせた。

「俺の女になったのではなかったのか？」

アーレストの目が潤む。今にも泣きそうな顔に、セーラは自分とアーレストの間に大きな思い違いがあったことに気づいた。

「聖女ではなく、ただの女として俺のものになったんじゃないのか、セーラ！」

涙混じりに抗議する声に、アーレストがどんな思いでセーラを抱いたのか、今ようやく理解していた。

聖女として命を賭して、辺境伯であるアーレストを救うつもりだったセーラ。

愛した女に聖女であることを捨てさせ、命を救おうとしたアーレスト。

「これ以上、俺から奪うな！」

獣のような唸り声。セーラの心に罪悪感が満ちる。

なんと罪深いことをしてしまったのか。こんなにも自分を求め愛してくれる人の心にも気づかず、独りよがりな思いで役目を果たそうとしたのだ。

アーレストはセーラを失うまい逃がすまいと、再び腕の中に強く閉じ込める。母に縋りつく子どものような必死さだった。

「二十年前、俺の実の父クアントロー辺境伯は、俺の母を国王の愛人として差し出さなかったという理由で殺された」

「え……？」

クアントロー辺境伯という名前にセーラは戸惑う。大聖堂を守るのはゲイザー辺境伯で、アーレストはそのゲイザーの養子だったはずだ。

「クアントロー辺境伯一族が災厄を招いたという名目で、国王は軍をもって一族を滅ぼし領地を蹂躙した。それだけじゃない、クアントロー辺境伯家をこの国の歴史からなかったことにした……！」

アーレストから告げられた非業な真実に、セーラは息を呑む。

「俺の本当の名前は、アーレスト・ゲイザーではない……アーレスト・クアントロー。クアントロー辺境伯家の最後の一人だ……。この二十年、俺はこの国に復讐をするためだけに生きてきた」

父母と一族の命を国に奪われ、存在さえも抹消されたなど、あまりにも酷すぎる。

復讐を胸に生きてきたアーレストの人生を思うだけで、セーラの心は痛んで呼吸さえもままならない。知らず頬を涙で濡らしていた。

そんな国のために祝福を捧げると言い続けた自分を、アーレストはどんな思いで見ていたのだろう。

この国にいる誰よりも、セーラ自身がアーレストを苦しめたように感じる。

「……本当は……聖女を殺して祝福を失敗させるつもりだったんだ……」

力なく言うアーレストの言葉にセーラは驚愕した。

　最後までセーラを逃がそうとしていたアーレストが、本当は殺そうとしていたなど思いもしない。

　けれど本当の意味で、アーレストのために死ねるなら、セーラにとっては幸せだ。

　国のために死ぬ気はとうに失せていた。この国がどうなっても、もうかまわなかった。

　セーラはアーレストの胸に顔をすり寄せてしがみつく。

「私の命は貴方のものです。どうぞ、アーレストの望むままに……」

　セーラの言葉にアーレストはびくりと身体を震わせると腕の拘束を解いた。俯いたままの顔は何を思っているのかわからない。

　ゆっくりと、とてもゆっくりと、アーレストが顔を上げる。返り血を浴びた顔が向けられた瞬間、セーラは声を失った。

　アーレストは笑っていた。

　紫色の瞳をこの上なく美しく細めて、やわらかに笑っていた。

「俺が貴女を殺すわけがない」

　熱に浮かされたように、アーレストはうっとりとした声で囁く。

　アーレストの笑みに見惚れながらも、セーラは背筋をゾクリとさせる。なぜか、アーレストが人ならざる者になってしまったかのように思えたからだ。

ああでも――。

もし、アーレストが二十年という月日で、復讐という思いを抱え、人ならざるものになったのだとしても――。

死なせるために平民の母に自分を産ませた父。

愛する男を救うために、子を宿した母。

婚約者を失った憎しみを、その子どもで晴らそうとした神父。

聖女を崇めながらも犯そうとした男爵。

セーラを嘲り罵ることで鬱憤を晴らしていた人々――。

そんな人間たちよりも、よほど人間らしいではないか。

「国王の戯れ言は二十年を経て、確かに真実になった」

「え？」

「二十年前、クアントロー辺境伯が災厄を招いたという王の言葉は、今、真実だったと俺は確かに理解した」

ククと小さく肩を揺らしながらアーレストは笑う。アーレストの中の狂気は、ここに来てようやく結実したのだ。

「アーレスト……」

セーラが震える声でアーレストを呼び、彼に手を伸ばす。

それに応えるように、アーレストはセーラをもう一度抱き締めた。そしてしっかりとセーラと視線を合わせ、彼女に囁く。

「俺が災厄だ。だから貴女は俺のためにだけ生きろ。国も何もかも混沌の渦に巻き込み、衰退する様を眺め、それでも俺のために生きろ」

あれほど恐ろしかった『災厄』という言葉を彼が名乗った瞬間、セーラの中の世界も一変する。

セーラは己を炎よりも熱く見つめてくる青紫色の瞳に、うっとりと酔いしれる。

噎せるような血の臭いも、死臭も、どうでもいい。

静まり返った大聖堂に、生きているのは二人だけ。

セーラは死ぬために生かされてきた。

死ぬことだけを望まれて生まれたセーラを、アーレストだけが生きろと望んでくれる。

「アーレストがそう望んでくれるなら――」

セーラはそうアーレストにはっきりと告げる。

生きる――彼と共に。

その心は今までで一番軽やかだった。

——堕ちた。

一瞬、そう誰かが頭の中で囁いた気がした。そんなことはありえないはずなのに、誰かがセーラの心に直接、そう言ったような気がしたのだ。

しかし今は、そんなことどうでもいい。

災厄が国を滅ぼす。けれど、死ぬはずだった聖女を生かしたのは災厄だった。

国にとって害悪な存在が、聖女にとって生きるための唯一の理由になったのだ。

セーラはアーレストの首に手を回してしがみつく。

ついばむように触れていた唇が強く吸われ、歯列を舐める舌がセーラの口腔を翻弄し熱くする。

聖女の祝福と引き換えに国に平穏と豊穣が本当にもたらされていたのだとしたら、セーラの選択はこの先の未来の何千、何百万という人間の平穏と豊穣を奪うことになるだろう。

だが、それが何だというのだ。

生きろと望んでくれる人のためだけに、そのためだけに生きていたい。

今はただ、目の前の愛する人が生きていることを強く確認したい。

アーレストのことだけしか考えられなくなってしまいたい。

セーラのスカートをたくし上げ、アーレストは下着の中に手を入れる。

しっとりとそこが濡れていることをセーラは自覚する。ぬるんだそこに指を押し込まれ、

「んっ……」とセーラは小さく声を上げた。

「愛している」

と耳に言葉を吹き込まれる声さえも、快楽を呼び覚ます。

セーラはアーレストがここで何をしようとしているのかわかっていたが、抵抗する気などいっさい起きない。

むしろそうしてほしい、自分に楔を打ち込んでほしいとさえ思う。

アーレストは息を荒くしながら、ギチギチと興奮ではち切れそうな自身を下穿きから取り出すと、強引にセーラの足を肩に抱えて、濡れそぼったくぼみに宛がう。

もう、セーラの耳にはアーレストの言葉しか聞こえていない。

「んっ……」

身の内に入り込む快楽に身体を委ね、首をのけぞらせると、焔の切っ先が見えた。

ごおおお、と目の前で青紫色の焔が強く焔を揺らめかせた。まるで、聖女をよこせと言わんばかりの焔の勢いに、アーレストがぐっとセーラの首を掴んで自分へと視線を戻させる。

そして、焔に向かって歯を剥き出しにして笑った。

く響かせた。


「誰がやるか」

そうだ。セーラはもう聖女ではない。

ただの女に堕ちたセーラはアーレストだけのものだ。

その声にセーラは自分がアーレストのものだと強く意識させられ、大聖堂に甘い声を高

セーラがゆっくりと目を覚ましたとき、周囲は暗くなっていた。
暗闇の中目を凝らし、側にアーレストがいることにほっとして、今いる場所が大聖堂で
あることに気がつく。
あのままアーレストに抱かれて寝入ってしまったらしかった。
冷えた空気に身体を震わせ、セーラは大聖堂が暗い理由に気がつく。
「三百年間、絶えず灯されていた聖火が消えたのですよ」
背後からかけられた声に驚き振り返ると、アーレストの従者エスタトがそこにいた。大
聖堂の扉を薄く開けて、灯りを手に持ち足もとには大きな荷物がある。
エスタトの声で起きたのか、アーレストがセーラを抱き寄せる。

「屋敷の中の者たちは皆、里に戻らせました」

エスタトがそう言うと、アーレストは「そうか」とだけ答えた。

「こちらはアーレスト様とセーラ様の旅装と荷物になります」

まるでこうなることがわかっていたかのように、それらが用意されていたことにセーラは驚くが、アーレストは当然として受け止めているようだった。

「これからお前はどうする？」

「私はようやく三百年の契約が解除されましたので、自分の国に帰ろうと思います」

――三百年の契約……？

数秒の間を置いて、アーレストはクッと鼻で笑った。

「そうだった。あの屋敷で助かったのは、俺と乳母だけだったはずなんだ。ほかの者は皆死んでいたはずなのに、どうして俺はお前を従者だと思ったのか……」

「……？」

話が読めないセーラは、アーレストが何に笑っているのかわからなかった。

エスタトもいつも通り目を細めた笑顔で、何を考えているのかセーラにはわからない。

「まんまと仕組まれたわけか？」

軽やかにアーレストが笑う。

「いいえ、アーレスト様と聖女、いえセーラ様がお選びになったこと。実際、私はひやひやしておりましたよ、辺境伯領に来るまでセーラ様が聖女のままでおられましたから。また契約が延びるのかと」

エスタトも細い目をさらに細くして笑う。

アーレストとエスタトは、セーラにはわからぬ二人だけの笑みを交わす。

この国の三百年という長い歴史の中で、祝福を捧げて死んだ聖女は十五名になる。

聖女に仕えていた者が殉じた時代もあったらしい。

二十名弱の犠牲で三百年間の安寧を得られたのは、とても利便的だろう。この国は少数の犠牲によって多くの人間を救っていたのだと言える。

しかし、聖女たちにも父や母がいた。聖女を愛する者たちがいたのだ。たくさんの人間を救うため聖女が犠牲となることに、疑問を持つ者もいただろう。なんとか救おうとした者もいただろう。

国はそのような人間を危険視した。

安寧を脅かす存在として、彼らをきつく罰し戒めた。それは聖女である娘を助けようとして謀反を起こしかけた公爵家を潰すほどに苛烈なものとなり、いつしか国は聖女の役目の内容を意図的に隠すようになった。

そして、ただ愛する人を救いたいと願うだけの人々を――『災厄』と名付けた。

真実は歴史の闇に消え、災厄という存在がなぜ生まれたのか曖昧となっていったのだ。

消えてしまった真実をアーレストが知るわけもなく、またセーラも知るわけもない。

だが、過去何十人もの人間が抱えた苦悩を、悲しみを、無念を、図らずもアーレストが今、実現した。

間違いなく、アーレストは災厄となったのだ。

「災厄となられ、私を三百年もの長き労働から解放してくださったアーレスト様の未来に祝福を。そして聖女でなくなられたセーラ様にも幸運を」

「え?」

エスタトは自分の胸元からカード型の小さな手鏡を持ち出すと、それをそっとセーラへ向けた。そして灯りでセーラを照らす。

「あ――!」

鏡に映る黒い髪に黒い瞳の娘が、驚いた顔で自分を見ていた。

髪色と瞳の色こそ違ったが、その顔が自分の顔であることにセーラはすぐに気づく。

「生贄には銀の目印を。三百年間、二十年ごとに必ず焔の中に生贄をくべれば、大地はそれを燃料として、二十年の繁栄を約束する。それが、この国に古くから続く契約だったのですよ」

飄々とエスタトは言うが、そんな話をセーラは一度も聞いたことがなかったし、その仕組みはとても神が与えたもうた奇跡とは思えない。

――生贄と引き換えに契約だなんて……それじゃまるで……。

「悪魔のようだな」

可笑しそうにアーレストが言ったが、エスタトは笑んだまま答えなかった。

アーレストは立ち上がり、エスタトの持ってきた旅装を確認する。

「セーラ、この服に着替えろ」

「は、はい……」

言われるままに着替えると、アーレストもセーラも旅商人のような格好になった。

「隣国と境界の山の天気はどうなっている？」

アーレストは今までと変わらぬ様子でエスタトに尋ねる。エスタトはにんまりと笑って答えた。

「アーレスト様たちが通り過ぎるまでは驚くほどに穏やかな道のりとなっております。解放していただいたお礼に」

「そうか」

アーレストは床に落ちていた銀の簪を拾い汚れを払うと、手早くセーラの髪をまとめてそれを刺した。

「黒髪にも似合うな」

そう微笑むアーレストにセーラは頬を赤く染める。

アーレストは立ち上がると、セーラに向かって手を差し出した。その手首にはセーラが贈った組紐の腕輪が着けられている。

「セーラ、行くぞ」

「は、はい」

セーラはアーレストの手に自分の手を重ねた。

エスタトの横を通り過ぎると、彼はアーレストに深く一礼をして見送った。振り向かずに歩くアーレストに引かれて歩くセーラは、なぜか後ろを振り向いてしまう。

ギイッとアーレストが扉を開けると、月の光が大聖堂の中に差し込んでくる。

ずいぶん月光は強かったのか、灯りを持ったエスタトまで伸びていく。

そしてエスタトを照らした月光が、彼の背後に影を形作る。

——あ。

決して大柄ではないはずの男の影は、彼の影とは思えないほどに大きく、そして二つの大きなコウモリのような羽が――。

　そこまで見て、セーラは視線を背後から戻して前を見た。それ以上は見てはいけない気がしたのだ。

　――彼はアーレストの従者だ。

　それでいい。

　アーレストも納得しているのだから、セーラが気にすることなどないのだ。

「隣の国で一緒に暮らそう」

　アーレストがセーラに未来を語る――子どもができる前に家を見つけよう。何か得意なことはないのか。したいことはないか。

　彼から提案される色んなことは、セーラが無意識に犠牲にしてきたことだ。

　けれどもう、これからは犠牲にする必要はない。

　誰にも踏みつけられることもない。

　聖女はもうどこにもいない。

　災厄が聖女を生かすと決めたのだから――。

とある三百年の歴史を持つ大国が、突然地図からその姿を消した。
その国で盛んだった聖女信仰がいつしか廃れ、疫病が流行ったとか、大きな災害が起きたとか、色んな話が諸説入り混じって語られているが原因はわからないままである。

END

あとがき

初めまして、榎木ユウと申します。

このたびは、拙作をお手にとっていただき誠にありがとうございました。

今回、初めてソーニャ文庫様で書かせていただいて、至極緊張しておりますが、とても良い作品に仕上がったと思いますので、私が楽しんだように、皆様も楽しんで読んでいただけたら嬉しいです。

私の文章は軽い文体が多いので、今回、かなり色々と担当さんにご助力いただきまして、その結果、本当に面白く仕上がりました！　あとがきから読むわ〜って方には、ぜひ中身を読んでいただきたいですし、本編を読まれた方には、「おもしろかった！」とご満足いただけたら、狸（私のことです。Ｔｗｉｔｔｅｒでは狸のアイコンなので）は、とても嬉しく思います。

もちろん、中には合わなかった……という読者様もいらっしゃるかも知れませんが、本は一期一会、そして人の心は千変万化。たまたま今、合わなかっただけだと思うので、もし気が向いたら、またいつかお会いできたらなと思います。人はずっと同じ処に停滞するわけではないので、次回、お会いできるときに成長できているよう頑張ります。

本作は、私一人の力では絶対作りあげられなかった力作となっております。担当さんやイラストレーターさん、校正の方々など、多くの方のお力を貸していただき素敵な本に仕上がりました。自信をもって皆様にお勧めできるのは、私以外の協力してくださった方々のお力が大きいからです。本に携わってくださった皆さん、ありがとうございます。

特に担当さん、出会いから何まで、本当にありがとうございました。良き出会いに感謝しかありません。

また、イラストは氷堂れん先生に描いていただくという好機に恵まれ、私の好きがいっぱい描かれた大変素晴らしい表紙ですので、あとがきを読み終わりましたら、また表紙や挿絵に戻って素敵な絵を見ていただけると嬉しいです。読み終わった後はさらにグッとくると思います。綺麗、清廉、荘厳。最高です。氷堂先生ありがとうございました！

最後になりましたが、少しでも多くの方がこの作品を楽しんでいただけたら、作者冥利に尽きます。私ですので粗はあるかもしれません。ですが、物語に入ったとき、とぷんとその中に浸かれる時間をご提供できたなら、それ以上の作者的満足はございません。

最後までお付き合いいただき、本当にありがとうございました。

またご縁がありましたら、今度は別の楽しみをご提供できたらなと思います。

この本を読んでのご意見・ご感想をお待ちしております。

◆ あて先 ◆

〒101-0051
東京都千代田区神田神保町2-4-7 久月神田ビル
㈱イースト・プレス　ソーニャ文庫編集部
榎木ユウ先生／氷堂れん先生

復讐者(ふくしゅうしゃ)は愛(あい)に堕(お)ちる

2020年5月6日　第1刷発行

著　者　榎木(えのき)ユウ
イラスト　氷堂(ひどう)れん
装　丁　imagejack.inc
D T P　松井和彌
編　集　葉山彰子
発行人　安本千恵子
発行所　株式会社イースト・プレス
〒101－0051
東京都千代田区神田神保町２－４－７ 久月神田ビル
TEL 03－5213－4700　　FAX 03－5213－4701
印刷所　中央精版印刷株式会社

ISBN 978-4-7816-9673-7
定価はカバーに表示してあります。

『悪人の恋』 荷鴣

イラスト 鈴ノ助

Sonya ソーニャ文庫の本

この愛を貫き通す覚悟を決められよ。

軍神伝説の残るゴラド王国の王太子ラウルのもとへ嫁ぐことになった前法皇の娘アディス。「あなたは俺の妻だ。今日から、聖戦が終わるその日まで」謎めいた言葉とともに昼夜問わず激しく求められ、ラウルに溺れていくアディスだが、彼の血の宿命を知ってしまい――!?

『愛に堕ちた軍神』 石田累

イラスト 篁ふみ